光文社文庫

文庫書下ろし

ぬり壁のむすめ

九十九字ふしぎ屋　商い中

霜島けい

光　文　社

この作品は光文社文庫のために書下ろされました。

目次

第一話

九十九字《つくもじ》屋

一

ついてない。

考えてみればあたしの人生の半分はついていなかったと、齢《よわい》十五にしてるいはしみじみと思った。

まず、八つの時におっ母《か》さんが流行病《はやりやまい》で死んでしまった。それからずっと父と娘の二人暮らしだったけど、そのお父《と》っつぁんも、るいが十二の年にぽっくり逝っちまった。

お父っつぁんの仕事は左官で、腕はまあ悪くはなかったのだろうけど、気が短くてどこかぬけてて酒飲みなのが悪かった。

忙しい時には何日も親方のところに泊まり込んで家に帰ってこなかったし、忙しくなければないでどこかの居酒屋で酔いつぶれて、やっぱり家を空けることが多かった。それでも長屋のおかみさんたちが代わる代わる、るいの面倒をみてくれたからお父っつぁんが家にいなくても、困ることはなかった。だがふた親がいなくなったとなれば、話は別だ。十二の子供に長屋の店賃《たなちん》など払えない。

幸いなことに大家さんは情のある人だったから、るいが住み込みで働けるように奉公先を世話してくれた。奉公に出ること自体は問題はない。世間では早ければ十になる前に、商家や職人の家に入るものだから。最初のうちはもちろん給金などもらえないけど、寝る場所と食う飯に困らないのはありがたい話だ。

ところが。

奉公先は本所《ほんじょ》にある足袋《たび》屋だった。その店から、るいは一年も経《た》たずに暇を出されてしまった。

るいに落ち度があったわけではない。でもまあ……あたしのせいなのは違いないと、るいは思う。

その次に奉公に入った深川《ふかがわ》の料理屋も、長くはもたなかった。気味が悪いといって道に放り出されるように追い出された。その時はさすがに腹が立って、「あたしは犬じゃないやい」と目の前で閉ざされた戸に思い切り舌を出してやったものだ。

しかし奉公先を二つもしくじっては、親身に世話をしてくれた大家さんにも会わせる顔がない。どうしたものかと途方にくれていると、今度はお父っつぁんの親方が別の働き口を紹介してくれた。神田佐久間町《かんださくまちよう》にある雑穀屋だ。深川で育ったるいにとって大川《おおかわ》（隅田川《すみだがわ》）の向こう側というのはずいぶん遠く思える場所だったが、いっそそれくらい馴染《なじ》みのないところのほうがいいと思いなおした。少なくとも、るいが二つの店を出された理由がおかしな噂《うわさ》になって、川を渡って追いかけてくるなんてことはないだろう。それにるいも、二度の失敗に懲《こ》りて用心深くなることを覚えた。

――大丈夫。今度はうまくやる。

その通り、雑穀屋では面倒事は何も起こらなかった。そりゃ、朝から晩までくるくると働きづめだし、下っ端のるいはきつく当たられることもあったけど、奉公の苦労などどこも同じようなものだ。働きはじめてから無事に一年が過ぎ、なんとかこのままここでやっていけそうだと、るいがほっとしていた矢先――。

店がつぶれた。

手代の一人が店の金を持ち逃げして行方をくらませ、それが呼び水であったかのように不運が重なって商売が傾き、ついに奉公人は暇を出されることになった。だから今回は、るいのせいではない。

とはいえ、三つめの働き口をなくしたことにかわりはないわけで。

「……あたしってば、本当に運がないわよねえ」

風呂敷包みひとつ抱えてまた大川を渡ったるいは、六間堀《ろっけんぼり》にかかる橋の上で足を止め、恨みがましく水面《みなも》を見下ろした。

享和《きょうわ》二年（一八〇二）の弥生《やよい》三月である。市中が花見でわいていたのは少し前で、月半ばを過ぎた今は、桜もすでに散っている。新緑が鮮やかに深川の町並みを彩るこの時期、人々の楽しみは浜での潮干狩りだ。

そういやうんと子供の頃、お父っつぁんが洲崎《すさき》に連れていってくれたことがあったっけ。子供心にも嬉しくて楽しくて、浮き浮きして貝を探したものだ。そうして獲《と》ってきたアサリを、おっ母さんがネギと一緒に煮てくれたんだった。

いっとき幸せな思い出にひたってから、るいはため息をついた。

(これからどうしようかな)

ついてない。ついてない。憑《つ》いてない。

いや、憑いてないのはいいのか。というかあたしの場合、憑いているからついていないってなわけで。

……まったく、あのお父っつぁんのおかげだ。

「やめたっ」

るいは水面に向けていた顔を上げた。

うじうじと俯《うつむ》いているのは嫌いだ。すんじまったことは、嘆いてたってどうにもならない。そんなことより、きっぱり前を向いて、この先の身の振り方を考えるのが先決だ。何しろ今晩寝る場所さえ、決まっていないのだから。

ともかく懐中には、雑穀屋の主人からもらった紹介状がある。女手を求める貼り紙はそこここにあるから、この紹介状を携《たずさ》えて直接店に飛び込んでもいいし、口入れ屋をのぞいてみるのもいいかもしれない。十二の子供の時は他人様《ひとさま》を頼るしかなかったけれど、十五になった今なら、自分でできることはたくさんある。

「よぉし」

おのれに活を入れて、橋を渡りきろうと足を踏み出した時。

ふと視線を感じて、るいはあたりを見回した。左右を見て、下を見た。そうして、あっと小さく声をあげた。

あろうことか、視線の主はるいの足下にいた。橋の下から男が顔を半分突き出して、じっとるいを見つめていたのだ。どうやら橋板の縁を両手で摑《つか》んで、そこにぶら下がっているらしい。

るいは驚くよりも、げんなりした。

素っ頓狂な生者か、ただの亡者か、どちらかだ。比べてどちらがマシとも思えないけれども。

低い手すりから身を乗り出して、相手の姿を確かめた。男の顔は青黒く、解《ほど》けた髷《まげ》も着物もぐっしょりと濡《ぬ》れそぼって滴《しずく》を垂らしている。虚《うつ》ろに開いた目は、死んだ魚みたいで瞬《また》きもしない。棒のように宙にだらりと伸ばした足のずっと下で、堀の水が陽の光にきらきらと光っていた。

間違いない。亡者だ。

事故か身投げかしらないが、男はこの堀で死んだのだろう。だけど心残りがあって、成仏できなかったのだろう。うん、よくある話だ。

「ねえ、あんた」

こんな真っ昼間から出てくるのは、まあ根性のあることだけど、橋にしがみついているのはいただけない。白黒はっきりしないどっちつかずも、るいは嫌いなのだ。

それでも普段ならこの手合いは無視するのだが、今日は端《はな》から虫の居所が悪かったので、るいは男に向かって思い切りしかめっ面をして見せた。

「上か下か、はっきりしなよ。橋にあがるもよし、水に沈むもよし。だけどそんなところで宙ぶらりんじゃ、中途半端なだけじゃない。それが楽しいってのなら口出しは野暮だけど、見ているこっちは気が滅入《めい》るよ」

亡者は返答しない。板に爪をたてて摑んだまま、やっぱり、陰気な眼差《まなざ》しでじっとるいを見ている。

「よけいなお世話だっての？　そりゃ悪かったね」

るいはつんと顎《あご》をあげると、踵《きびす》を返した。

亡者の未練につきあっている暇はない。死んだ者はおまんまを食う必要はないが、生きている者はそうはいかないのだ。さあ、さっさと次の働き口を探さなくっちゃ。

でもその前に、行かなければならない場所があった。

（やっぱり、顔くらい見せないとまずいわよね）

るいは堀を渡りきると、後ろを振り返りもせずに南へ、小名木川《おなぎがわ》の方角へと足を向けた。

幼い時から、るいには死んだ人間の姿が――つまり、幽霊が見えた。

これはなかなかやっかいなことだった。なにしろ、自分が見えているものが、他人には見えていないのである。まずそこから理解しなければならなかったのだが、頑是《がんぜ》無い子供にそんな分別はないし、相手が生きているか死んでいるかの区別もない。

それでも巷《ちまた》の幽霊画のように身体が半分くらい透けていればわかりやすいのだが、るいの目には亡者も生きている頃とかわりなく、はっきりとした姿で見えてしまう。

もちろん怖い思いはしたが、それは相手が死んでいるからではなく、物凄《ものすご》い形相でこちらを睨《にら》んでいたり、血まみれだったり身体のどこかがなかったりと、子供の目にも異様だと感じるものがあったからだ。一度、首のない幽霊を見かけた時にはさすがに肝《きも》が縮んで、その夜熱を出しておっ母さんを心配させた。

手習いに行く年齢になった頃、ようやく、おかしいなと思うようになった。近所の子供らに嘘《うそ》つきだと言われ、大人たちには「薄気味悪いことを言うんじゃない」と眉《まゆ》をひそめられる。どうしてだろう。あたしは嘘なんて、いっぺんもついてないのに。

長屋の端っこの家に住んでいた源吉爺《げんきちじい》さんが死んだ時、亡骸《なきがら》の入った桶《おけ》が運び出されるのを近所の人たちと見送っていたら、いつの間にか爺さん本人がるいの横にいて、皆と一緒に自分が運ばれていくのを眺めていた。いつもにこにこしていた爺さんは、その時もやっぱり楽しそうに笑っていて、つられてるいも笑ってしまった。そうしたらおっ母さんに罰当《ばち》たりだとこっぴどく叱《しか》られた。

その時、気づいた。——そっか、あたしは死んでしまった人が見えるんだ。他の人には死んだ人は見えないんだ。自分に見えないのに、あたしが見えるって言うから、嘘つきだってみんな思うんだ。

本当にあたしだけが見えているのか、確かめてみよう。るいは手習い所の行き帰りに通る道で見かける男の人に、訊《き》いてみることにした。

「こんにちは」

その人はいつも堀端から水面に降りる石段に腰掛けて、行き交う舟を眺めていた。近寄って挨拶すると、るいに目を向けて驚いた顔をした。

「へえ。俺が見えるのかい」

「はい。おじさんは幽霊?」

おじさんはねえだろと、男の人はがっかりしたように言った。幽霊かどうかより、そっちのほうが不本意だったらしい。初めて間近で見たけれども、確かにお父っつぁんよりずっと若くて、目鼻立ちのしゅっと整ったいい顔をしている。半纏《はんてん》と股引《ももひき》を身につけて、長屋のおかみさんたちがよく口にする、「いなせ」というのはこういう人のことなのだろうと、るいは思った。

「あらためて訊かれるとなぁ。まあ死んじまってるから、幽霊には違いねえ。それで俺に、何か用かい」

るいは男の隣に腰を下ろした。

「あの、おじ……幽霊、さんは」

「俺は太助《たすけ》っていうんだ」男は笑って言った。

「太助さんは、他の人には見えないの？」

「そうだろうな。俺は去年からここにいるが、誰も気づかねえみてえに素通りして行くぜ。たまに俺の姿が見えてるんじゃねえかって奴もいたが、目を逸《そ》らせて知らんぷりだ。声をかけてきたのはおまえさんが初めてだ」

ふぅん、とるいは思った。見える人もいるんだ。でもほとんどの人は、やっぱり幽霊は見えないんだ。

「どうして見えてるのに、知らんぷりするの？」

「そりゃ、気味が悪いからだろ。死んだはずの人間が目の前にいりゃ、普通は怖いもんだ。そういう怖いものからは遠ざかりたいって思うから、見なかったふりをするんじゃねえかな」太助は目を細めた。「おまえさんは違うみてぇだが」

るいは首をかしげた。少なくとも、目の前にいる幽霊を怖いとは思わなかった。生きている人間と全然変わらないように見えた。

「ガキのくせに肝が据《す》わってら。それとも物を知らねえだけか。……まあいいや、気に入ったぜ」

気持ちよさそうに言ってから、太助はきりっとした眉を寄せた。

「だがなぁ、気をつけろよ。幽霊が気味の悪いものなら、そんなものが見える奴も気味が悪いってことになるからな。他の人間には、あまり言わねえほうがいいぜ。——ほら、今だって」

俺の姿が見えねえ奴らからすりゃ、おまえさんは一人で石段に座ってしゃべっている気味の悪い子供ってことになっちまうだろ。

そう言われて、るいは慌ててあたりを見回した。幸い、堀端に人影はない。それでも誰かに聞かれないよう、小声でしゃべることにした。

太助の言うことは何となくわかった。これまでも、他の子供らにさんざんからかわれたり、大人たちに叱られたりして、嫌な思いをしてきたのだ。だから、他人には言わないほうがいいという言葉に、るいは素直にうなずいた。

「それともうひとつ。幽霊を見かけても、誰彼かまわずほいほいと声をかけるもんじゃねえよ」

「尻軽だから？」

うへえ、と太助は唸《うな》った。

「どこで覚えた、そんな言葉」

「長屋のおかみさんたちが言ってたよ。『男と見ればほいほい声をかけるなんて尻軽女のすることだ』って」

本当は意味なんてわからなかったけど、るいはちょっと得意になって言った。

「ろくでもねえなあ」太助は苦笑した。

「幽霊にゃ、おっかねえ奴だっているってことだ。俺はおまえさんに悪さをする気はねえけど、相手によっちゃうっかり声をかけただけで酷《ひど》い目にあうかもしれねえ」

「生きてても良い人と悪い人がいるみたいに？」

「そうだな。いや……」

太助は少しの間、黙り込んだ。るいのような子供にどう説明しようか、と考えているようだった。

「死んでもあの世へ行けねえで幽霊になるってのは、たいがい未練があって死にきれねえってことだからなぁ」

「みれん？」

「この世に心残りがあるってことさ。生きているうちにやり残したことがあったり、あの世に持っていけねえ心配事があったり、思い入れのある相手や物から離れられなかったり、まあいろいろだ。中には自分が死んだことに気づかねえで、そのままうろうろしている奴もいる」

自分が死んでもわからないなんて、本当にあるのかな。目を丸くしているるいを見て、太助は「気づかねえというより、信じたくないのかもしれねえなぁ」と言った。

「けどよ、もっと悪いのは、恨みやら怒りやら妬《ねた》みやら、そういうどろどろした感情にとらわれちまっている奴らだ。そんなのにうっかり近づいたら、おまえさんまで一緒に真っ暗な闇に引きずり込まれちまうぜ。何せ不幸な死に方をした奴の中には、生きている人間に取り憑いて、自分と同じように不幸にしてやらなきゃ気がすまねえって輩《やから》もいるからよ」

それを聞いて、るいは身震いした。幽霊が見えるというのはそんなに怖いことなんだと、初めて思った。

「おっと、すまねえ、怯《おび》えさせるつもりはなかったんだ」太助は頭をかいた。「そういう奴らは見りゃわかる。気をつけて、声をかけなきゃいいってだけだ。……それに、おまえさんは大丈夫だろう」

「どうして」

「なんとなくさ。おまえさんは、そんな悪い奴らにゃ簡単に負けねえ。命の力がきらっきらしているからな」

なんとなくというのが心許《こころもと》なかったが、死んだ本人がそう言うのだからあたしは大丈夫なんだ。るいはほうっと大きく息をつく。でも、きらっきらって何だろ?

「あたし、どこか光ってるの?」

訊《たず》ねても、太助は楽しそうに笑うばかりだった。

それからるいは、時々、太助に会いに行くようになった。太助はるいにいろいろなことを教えてくれた。亡者として、それに大人として。幽霊とのつきあい方やあしらい方など、その時覚えたことは、後々《のちのち》るいにとって大きな助けとなった。

「俺は荷船の船頭だったんだ」

「どうして死んだの？」

子供らしいあけすけさでるいが訊くと、太助もさらりと答えたものだ。

「事故でな。といっても、船の上のことならまだしもなんだけどよ。今思い出しても、ありゃあ、とんだマヌケな話だったぜ」

昨年の大風の日のことだ。さすがに船を出すのは危険だからと、その日は仕事をやめて、船頭仲間と酒を飲んで帰ることにした。ところが仲間たちと別れて家に戻る途中、道端に立てかけてあった材木が風にあおられて倒れ、その下敷きになってしまったのだという。

「その時は頭に瘤《こぶ》をこさえたくらいで、他はかすり傷みてえなもんだったんだ。でも、打ち所が悪かったんだな。二、三日経ってからいきなり目が回ってひっくり返って、そのまま息が止まっちまったのさ」

話しながら太助がからからと笑うので、るいも一緒になって笑ってから、首をかしげた。これって、笑っていいことなのかな?

大人は胸の中に抱えた重たいものを隠すために笑うこともあるのだと、るいはじきに知ることになった。

ある日会いに行くと、太助はいつものように笑顔でるいを迎えてから、ぽんと膝《ひざ》を打って立ち上がった。

「太助さんは立てるの?」

石段に座っているところしか見たことがなかったから、るいは驚いた。

「ああ。やっと踏ん切りがついた。俺はそろそろ行くよ」

「どこへ?」

後で考えると馬鹿なことを訊いたものだ。死んだ者が行く場所など、きまっているのに。

「三途《さんず》の川を渡るのさ」太助はるいにうなずいた。「本当のことを言うと、俺は自分がどうしたらいいのかわからなくて、ここにいたんだ。死んでから迷うってのは、こういうものなのかと思っていた。——でも今は、わかる。どっちに行けばいいのか、わかった」

　おまえさんのおかげだと、太助は言った。

「あたしの？」

「みっともなくておまえさんにゃ言えなかったが、俺はずっと未練たらたらだったんだ。見習いからはじめて必死で修業して、やっと一人前の船頭になることができたのに……てな。頭《かしら》からこの半纏をもらった時は、嬉しかったなぁ。そのうち所帯を持って、ゆくゆくは頭みてえに他の船頭たちの上に立つ男になってやるって……。でもそれが全部、駄目になっちまった。それが口惜《くや》しくて、腹が立ってよ。諦《あきら》めきれずに、この世に縋《すが》りついていたんだろうな」

　いつも颯爽《さっそう》と笑っていたから、太助がそんなことを思っていたなんて、るいはちっとも知らなかった。

　太助の手が伸びて、るいの頭を撫《な》でた。不思議なことにるいは、幽霊が見えるだけでなく、生きた人間のように触れることもできる。冷たい手の感触に、胸がきゅっと痛んだ。

「おまえさんと話していて気が晴れたっていうか、このままじゃいけねえって思えるようになった。この世にはもう、俺の居場所はねえんだってな。そうしたらまるで目の前の霧がすうっと消えたみたいに、これから行く場所が見えたのさ」

ありがとうよと言って、太助はるいの頭から手を離した。

「元気で長生きしろよ。じゃあな」

太助は水面に足をおろすと、一歩二歩と地面を踏むように歩いていった。そうして堀の半ばほどで、空気に溶けるようにふわりと消えた。

多分その瞬間まで、るいはぽかんとして太助の姿を目で追っていたように思う。気がつけば石段に一人で取り残されていた。まるでそこには、最初からるいの他には誰もいなかったみたいに。

成仏という言葉が、るいの頭に浮かんだ。太助はいなくなってしまった。もう二度と会えないんだ。

ううん、本当はとっくにこの世にはいない人だった。会うはずのない人だった。

――でも、あんなにたくさん、話をしたのに。

幼心にも無性に悲しくて寂しくて、るいは石段にしゃがみ込んで、わんわん声をあげて泣いた。

子供の時のことをつらつらと思い出しながら歩いているうちに小名木川を渡り、さらに南にある仙台堀《せんだいぼり》も越えて目的地についた。両親の位牌《いはい》を預けた寺である。

（あの頃はあたしも可愛げがあったわね）

今じゃ幽霊くらいではビクともしない。

それというのも、ある日を境にるいの生活は一変したからだ。幽霊がどうたらと言っている場合ではなくなってしまった。

寺の住職に挨拶する前に、るいは墓地へ行って両親の墓に手を合わせた。

「おっ母さん」

まず、母親の面影に話しかける。

「あたしまた、勤め先が駄目になっちゃった。もう、自分の巡り合わせの悪さに、ほとほと呆《あき》れるわよ。そりゃ愚痴を言ってもはじまらないから、なんとかするけど」

母親が病で死んだ時、幽霊でもいいから会いに来てくれないかとるいは思ったものだ。

でも結局、おっ母さんが姿をあらわすことは一度もなかった。

（どこへ行くにも、寄り道なんてしない人だったものねえ）

未練のみの字もないような、さばけた性格だったし。死んだとなったらあの世まで一本道。迷いもせずに、さっさと成仏したに違いない。

父親が死んだ時もやっぱり、「幽霊でもいいから……」と思ったが、それは後に激しく後悔することになった。

「お父っつぁん……」

るいはもう一度手を合わせようとして、やめた。

「……は、直接会って話せばいいか」

墓地を出ると、境内《けいだい》で掃除をしていた小坊主に声をかけた。

「和尚《おしょう》様はいる?」

小坊主ははいと元気よく答えて、箒《ほうき》を持ったまま駆けだした。和尚様和尚様と呼ぶ声が聞こえる。

住職がお堂から出てきた。

「こんにちは、和尚様」

「うむうむ。るいか。元気そうじゃの」

るいが頭を下げると、住職は歯のない口でもごもごと言った。

寺にはこの住職と、今の小坊主と、雑用をする寺男がもう一人いるだけだ。小さな寺だということもあるが、住職が風変わりで他に人を置きたがらないらしい。

噂によればかつてはどこぞの大きな御山のそこそこ偉い僧だったというが、本当かどうかはわからない。名を海月《かいげつ》というが、よく考えればそれもふざけている。人々はこっそり、クラゲ和尚と呼んでいた。

――クラゲというより、干涸《ひから》びた柿の種みたいだ。

海月和尚を見るたび、るいはそう思う。

身体が小さいし、皺《しわ》だらけの顔はうっかりすると、どこが目やら口なのやらだ。かなりの高齢なのは間違いなかった。

「今まで顔も出さずに、すみませんでした。お父っつぁんはどうしてますか」

「拗《す》ねまくっておるよ」

海月はるいを手招くと、本堂の奥の部屋に連れて行った。本や仏具をしまっておく納《なん》戸《ど》がわりの小部屋である。

引き戸を開けると、まず目に入るのは行く手を遮るように張られた注連縄《しめなわ》だ。中をのぞいて、るいはあれと思った。三畳ほどの狭い空間が、ずいぶんがらんとして見えた。前にはここにあったはずの道具類が消えて、室内は板敷きの床と壁だけになっている。

「作蔵《さくぞう》が蹴飛ばして、全部ひっくり返したのでな。道具も本も他所《よそ》に移したのじゃよ」

「蹴飛ばしたぁ?」るいはぽかんとしてから、慌てて海月に頭を下げた。「ごめんなさい。お父っつぁん、酒を飲ませろとやたらにうるさい」

「あと、酒を飲ませろとやたらにうるさい」

「え……」

「試しに飲ませてみたら、案の定酔っぱらって、笑うやらわめくやら愚痴るやら、最後は高鼾《たかいびき》をかいて、もっとうるさくなった」

「どうせ酔いつぶれるんだから、飲ませないでください」

お父っつぁんは酒好きだったけど、けして酒に強い質《たち》ではなかった。しょっちゅう酔いつぶれていたけれど、実はたいした量を飲んでいなかったようだ。

それに、とるいは思う。お父っつぁんは酔っても、あたしやおっ母さんに手をあげるようなことは一度もなかった。俗にいる酒乱のロクデナシではなかったから、周囲も大目に見ていた節がある。

——でも大酒飲みのロクデナシでなくても、結局、酒でロクでもない死に方をしたことにかわりはないのだから、少しは懲りてもらいたいんだけど。

「酔ったついでに、おぬしが七つの歳《とし》までおねしょをしていたと大声で言っておったぞ」

「えええ！　ちょ、ちょっと、お父っつぁん！　なんてことを言うのよ⁉」

おねしょなんて、五歳の時にはもうしてなかったよっ——と、るいが顔を赤くして抗議したとたん、「けっ」と声が返った。

誰もいないはずの部屋の中から。

「てめぇこの、馬鹿娘！　親をこんなところにほっぽって、藪入《やぶい》りにも顔も見せやがらねえ。今頃のこのこやってくるたぁ、どういう了見だ⁉」

「仕方がないじゃない。新しい奉公先に入ったばかりで、休みなんてそうそう取れなかったんだから」

「けっ。この親不孝ものが。こんな辛気《しんき》くさい場所に置いていかれた俺の身にもなってみやがれ。たった一人の娘にこんな仕打ちをされて、情けねえったらありゃしねえ。おっ母さんもあの世で泣いてらぁ」

「寺に居候《いそうろう》させてもらってる身で、辛気くさいはないでしょ」

「なーにが居候だ。そこにいる坊主と結託して、俺をここに閉じこめやがって。これじゃ牢屋にいるのとかわりねえ。外にも出られねえ、日がな一日することもねえじゃ、退屈で退屈で、酒でも飲まずにやってられるかい」

「だからって、寺のお道具を蹴飛ばしたりしたら罰が当たるよ」

「うるせえ。仏具なんざ、抹香《まっこう》臭くてかなわねえ。俺は線香の臭いと海鼠《なまこ》はでえっきれえなんだよ！」

「お父っつぁんが嫌いなのは、蜘蛛《くも》じゃなかったっけ」

「う、どうしてそれを」

「昔、お父っつぁんと一緒に働いていた留吉《とめきち》さんが言ってたよ。どこぞの蔵の修繕をしていた時、頭上の木の枝から蜘蛛が一匹つつーっと降りてきたものだから、お父っつぁんたら仰天して梯子《はしご》から転がり落ちて、そのまま目を回しちまったって」

「くぅ、留吉の野郎、よけいなことを言いやがって」

「それと毛虫も苦手だったよね。あと、蛇とヤモリも……」

「ええい、そんなこたどうでもいいや！　おい、るい！」

「何よ」

「だいたいな、親の顔を見に来たのなら、しおらしく三つ指でもついて『ご無沙汰《ぶさた》していて申し訳ありません、お父っつぁん。おかわりございませんか』とか何とか、真っ先に頭を下げて挨拶するのが筋ってもんだ。可愛い娘にそう言われりゃこっちも悪い気はしねえ、『おう、おまえも元気そうで何よりだ』とまあ、すんなり話ができるものをよ」

「何を言ってるんだか」

るいはひょいと注連縄をくぐると、腰に手を当てて部屋の中を見回した。

「ちょいと、お父っつぁん。どの辺にいるのよ？」

と、これには返答はない。小部屋の空間はいきなり、黙《だんま》りを決め込んだ。

本当に拗ねているらしい。

(そりゃね、一年以上もほったらかしたあたしも、悪かったとは思うけど)

るいは拳《こぶし》を固めると、手近の壁をどかっと叩《たた》いた。

「うおっ!?　おめえ、親に手をあげるたぁ何のつもりだっ？」

「せっかく顔を見に来たってのに、顔を見せてくれなきゃ見られないじゃないのよ」

そのとたん、目の前の壁の表面がぞぞっと波打った。

まるで漆喰《しっくい》を鏝《こて》で盛り上げたように、人間の顔が浮かび上がった。眼が開いてじろりとるいを睨む。口が動いて「あー、可愛げがねえ。誰に似やがったんだ」と言葉を漏《も》らした。

奇怪、奇天烈《きてれつ》、摩訶《まか》不思議な光景である。

何の変哲もないはずの壁に、男の顔があらわれて、しかもしゃべったのだ。

るいも海月和尚も平然としているが、何も知らない他人がこの場でこの光景を見ていたら、腰を抜かして泡を吹いて、こう叫んだことだろう。

――化け物だぁ！

その通り。るいの父親は妖怪である。正しくは、死んでから妖怪になった。

それにはこういうワケがある。

るいが十二の冬、霜月《しもつき》も深まったある日のことだった。

父親の作蔵は、例によって仕事帰りに一杯ひっかけてから、良い機嫌でふらふらと家に向かった。

冬至も過ぎて、夜はしんしんと冷える。途中で足下の水たまりが凍っていることに気づかず、うっかり踏んで足を滑らせた。ただでさえ酔ってふらついていたせいで、そのまま後ろにひっくり返り、運悪くそばにあった壁にしたたかに頭を打ちつけた――らしい。後で本人が言ったところによれば。翌朝見つかった時には、作蔵は壁のそばに転がってすでに冷たくなっていた。

人間、死ぬ時は呆気《あっけ》ないものである。いっそ潔いやと嘯《うそぶ》くのは死んだ当人だけで、るいは父親の亡骸の横で肉親を失った悲しさと自分の先行きの不安のためにしくしく泣きながら、（なんてマヌケな死に方だろ）とちょっと呆れたものだ。

弔《とむら》いがすんで数日後、るいは一人で家にいることが切なくて、長屋をさまよい出た。といって行くあてがあるわけではない。気づけば、父親が死んだ場所に来ていた。

そこは武家地で、ほとんど人通りのない場所だった。作蔵が倒れているのを見つけたのも、朝夕にだけこのあたりを通る棒手振《ぼてふり》だったらしい。

「お父っつぁん」

るいは壁の前にしゃがみ込むと、手の甲で目をこすった。いつも家にいない父親だったけど、もう絶対に会えないとなると話は全然違う。朝も昼も夜も、明日も明後日《あさって》も、お父っつぁんは家には帰って来ないんだ――。

今のところは長屋の人たちが気の毒がってあれこれ世話を焼いてくれるけれど、いずれあそこを出ていかなければならないことは、るいにだってわかる。

あたし、どうなっちゃうんだろう。どこへ行けばいいんだろう。

「戻ってきてよ、お父っつぁん……」

抱えた膝に顔を押しつけて、たまらず呟《つぶや》いた時だった。

誰かが、「ふわぁ」とアクビをした。

あれれと、るいは顔を上げてあたりを見回した。誰もいない。聞き間違いかなと首をかしげていると、また声が聞こえた。

るいの目の前の壁から。

「あ〜ぁ、よく寝た。今、何刻《なんどき》だ?」

壁の表面がもぞもぞと動いて、そこに漆喰の色をした作蔵の顔が浮き上がったのを見て、るいはぽかんと口を開けた。

「おう、るい。なんでぇ、その間の抜けた面《つら》は。俺の顔に何かついているか?」

前言撤回。戻って来なくていい。

それからお父っつぁんは、壁のある場所ならどこにでも出てくるようになった。

ただし板壁は居心地が悪くて苦手らしい。長屋の土壁も薄いと文句を言う。壁ってなぁやっぱり土蔵みたいにどっしりとして漆喰が真っ白でぴかぴかしてなくちゃいけねえ、などとわけのわからないことを言い出す始末だ。

多分、お父っつぁんは頭を打った拍子につるりと魂が飛び出して、そのまま壁に入り込んでしまったのだろう。

お父っつぁんの仕事は左官だった。壁を塗るのが仕事だ。よっぽど壁が好きで、壁に思い入れがあったに違いない。──だからって自分が壁になることはなかろうと、るいは思った。

ともかく、お父っつぁんは化け物になった。壁のお化けだ。

るいは賢い子だったので、お父っつぁんのことは他人には黙っていることにした。それでもある時こっそり、近所の物知りのご隠居に訊いてみたことがある。

「ご隠居さん、壁のお化けって知ってますか？」

子供の無邪気な質問だと思ったご隠居は、うんうんとにこやかにうなずいて、「それは『ぬり壁』という妖怪だ」と言った。

──ぬりかべ。

そっか。あたしのお父っつぁんは、ぬりかべなんだ。

それ以来、幽霊が見えることなど、るいにはどうでもよくなった。いくら死んでいる相手でも人間は人間だ。ちゃんと人間の姿をしているじゃないか。あたしのお父っつぁんなんか、壁なんだからね。

るいにしてみれば、妖怪に比べて幽霊なんて、屁《へ》みたいなものだった。


「ところで今日はどうしたんじゃ。それこそ藪入りでもあるまいに」

海月和尚が戸口から顔をのぞかせて訊いたので、「実は……」とるいは勤め先の店がつぶれた経緯《いきさつ》を話した。

話し終えたとたん、部屋に笑い声が響いた。

「あっはっは。ざまぁねえや！」

作蔵が小気味よさそうに笑っている。

「俺がいりゃぁ、店の金を持ち出そうなんて不届きな野郎はその場でぶん殴って、とっ捕まえてやったのによ。親をないがしろにしやがるから、そんな目にあうんだ。せっかく俺をほっぽり出してまで奉公に行った店だってのになぁ。わはは、いい気味、いい気味。これに懲りたら、とっとと俺をここから出しやがれってんだ」

それが親の言うことか。

るいはもう一発、壁をどついた。

「おわっ⁉」

「お父っつぁんがいたら、もっと早くに店をクビになっていたわよ」

「なんでぇ、そりゃ」

「忘れたの？　前の二つの奉公先、お父っつぁんのせいで駄目になったんじゃないの」

足袋屋では、作蔵がるいにしゃべりかけるところを他の奉公人に見られ、一人で壁に向かってぶつぶつ言っているおかしな娘だと噂になった。そのうち、誰もいないはずなのに相手の声が聞こえた、壁から聞こえたと話は広がり、あの娘は何かが憑いているに違いないと店の者たちは気味悪がって、るいを疎《うと》んじるようになった。ついにはそのことが主人の耳に入り、るいは店を出される羽目になった。

料理屋の時はもっと悪かった。作蔵が店の酒に手を出して酔っぱらい、大騒ぎしたのだ。へべれけになって大声でるいの名を呼ぶものだから、隠しようがない。気の荒い板前が血相をかえてるいの腕を摑み、乱暴に問い糺《ただ》そうとしたら、作蔵は「俺の娘に何をしやがる！」とにゅっと腕を突き出し——作蔵は壁から手足を出すこともできる——板前をぽかりと殴りつけた。るいがその日のうちに店を放り出されたのも、仕方のない話である。

「う、うるせえ。すんじまったことを、いつまでもぐだぐだと」

「親だ娘だって言うなら、ちっとはあたしの身にもなってよ。お父っつぁんと一緒だと、あたしはこの先も、どこにも奉公なんてできやしない」

料理屋を追い出された後、るいは悩んだあげくにこの寺に駆け込んだ。海月和尚のことは子供の頃から知っていたし、偉いお坊さんだったという話はるいも怪しいものだと思っていたけど、他に相談できる相手が考えつかなかった。お寺の住職なら、多分るいの事情を知っても驚かないだろう、くらいの思いつきだったのだ。

周囲に壁のない場所に和尚を引っぱっていって、実はお父っつぁんがぬりかべになって云々《うんぬん》と話をすると、果たして海月は驚きもせずにのんびりと数珠《じゅず》をたぐりながら言ったものだ。

「それは難儀なことじゃのう」

どうすればいいですかとるいが訊くと、どうすればいいかのうと和尚は一緒になって首を捻《ひね》った。

「やむをえん。退治するか」

いや、さすがに父親を退治されては困る。るいは慌てて首を振った。

「ええと……。あたしは、お父っつぁんがあちこち動き回ったりしないで、普通の壁みたいにひとつの場所にじっとしててくれたらいいと思うんですけど」

「うむうむ。では、こうしよう」

海月に言われたとおり、るいは寺の納戸——まさに今、作蔵がいる小部屋だ——に入って、「お父っつぁん」と呼んだ。「何だ何だ」と作蔵が壁から顔を出す。その時を見計らって海月が、素早く四隅に御札を貼りつけ、戸口にささっと注連縄を張った。

一丁上がり。作蔵はそのまま部屋に封印され、外に出ることができなくなったというわけだ。

「おいこら、クソ坊主！　俺をここから出さねえか、このクラゲ！」

作蔵はおおいにふて腐れた。

「ごめんね、お父っつぁん」

るいとて父親を閉じこめたことは気が咎《とが》めないでもなかったが、おかげで次の雑穀屋には安心して奉公に行くことができた。

——というのが、一年とちょっと前のことだ。

「けっ、俺がいなくたって店がつぶれちゃ同じじゃねえか」

「それは普通に運がなかったのよ」

「だいたい父親を厄介者扱いってのが、気に入らねえ。ほら、早く俺をここから出せってんだ。こんな陰気な場所にいつまでもいたら、じめっと湿気《しけ》ってカビが生えちまわ。病気にでもなったら、どうしてくれる」

「死にゃしないわよ。もう死んでるんだから」

父娘の遣《や》り取りを傍《はた》で眺めて、海月和尚はうむうむとうなずいた。

「仲の良い親子じゃのぅ」

「……おい、クソ坊主。てめえの耳は飾り物か？　今の話のどこらへんが、そんな人情溢《あふ》れるもんに聞こえたってんだ⁉」

親だと思うから会いに来たんじゃないか。お父っつぁんのことが嫌いだったら、顔を見せになんか来ないよ。——と、心の中で呟いて、るいは踵を返した。

「ま、元気そうでよかったわよ。それじゃ」

「おい待て、こら。るい、どこへ行く気だっ？」

注連縄をくぐって部屋を出た娘を見て、作蔵は慌てた声を出した。

「どこって、新しい奉公先を探しに行くにきまってるでしょ。ふらふら遊んでいられるご身分じゃないからね」

「まさかまた、俺をここにほっぽって行く気じゃねえだろうなっ」

「悪いけどもうしばらくここにいてね、お父っつぁん」

「なにぃ⁉」

この馬鹿娘、親不孝者、と盛大に罵《ののし》る声を聞き流して、るいは「お父っつぁんをよろしくお願いします」と海月に頭を下げた。

「ご迷惑とは思いますが、もう少しの間預かってください」

「それはかまわんがの」

飯代もかからんしと、和尚はもごもごと笑った。「それに作蔵は、あれでなかなか役に立っておる」

「え、そうなんですか？」

「作蔵が来てから、寺に鼠《ねずみ》が寄りつかんようになった」

ぬりかべにも取《と》り柄《え》はあるものだ。

ところでと、海月は顔の皺を動かした。真顔に戻ったらしい。

「おぬしのほうじゃが、じきにどうにかなるものでもあるまい。さりとて、父親を永久に閉じこめておくわけにもいかぬじゃろ」

「はい。……何とかお父っつぁんと一緒に暮らすことができるよう、考えてみます」

手に職を持って独り立ちできれば。金を貯《た》めて一軒家を借りることができれば。――方法はないでもないが、手の届かないものばかりだ。今のるいには、住み込みの働き口があれば御《おん》の字だった。

(どこかに、身内がぬりかべでもかまわないって店はないかしらね)

ふとそんなことを思ってから、るいは両手で自分の頰《ほお》をぴしゃりと叩いた。

(あたしったら、馬鹿みたい)

江戸中探したって、そんな酔狂な店があるわけがない。仮にあったとしたら、そこの主人はとてつもない変わり者に違いない。――ただでさえ妖怪や幽霊に縁のある生活なのだから、せめて人間くらいはまっとうな相手と関わりたいと、るいは切実に思った。

「困ったら、またここへ来るがよいよ。寝る場所くらいはあるからの」

海月の言葉にもう一度頭を下げて、るいは寺をあとにした。

二

気がつくと、陽は西に大きく傾いていた。あと一刻もすれば日が暮れる。

足を止めたとたん、腹の虫がぐうと鳴いた。

（そういえば、お昼も食べてなかったっけ）

茶店に入って団子を注文し、床几《しょうぎ》に腰掛けて、るいはふぅと息をついた。

（いざとなると、丁度いい働き口ってのは、なかなか見つからないものね）

何も間口の広い大店《おおだな》がいいなんて贅沢《ぜいたく》を言うつもりはない。小さくてもそこそこ手堅く商いをしている店で十分。でも、以前に働いていた店の近辺は避けたほうがいい。ひょんなことで、るいがやめさせられた理由が人の口にのぼらないともかぎらないから。

足袋屋は仙台堀沿いにある永堀町《ながほりちょう》。料理屋は富岡八幡宮《とみおかはちまんぐう》の近くにある。ならば、仙台堀を越えて北側へ行ってみよう。――と、それくらいの心積もりで、女手を求めている店を何軒かあたってみたのだが。

相手側の出す条件とあわずに断られたり、逆にあちらがいいと言っても長続きしそうもない店でこちらから断ったりと、結局すべて空振りだった。

まあ焦《あせ》っても仕方がない。そりゃ、じっくり腰を据えてなんて悠長なことは言っていられないけど、こういうのも縁のものだ。

幸い、無一文というわけではない。雑穀屋の主人は良心的な人柄で、店を閉める際にるいのような下働きの奉公人にも、ほんの少しではあるが金を包んでくれた。

団子をたいらげると、「よし！」と本日二度目の活を入れて、るいは立ち上がった。

そういえば最初に活を入れたのもこの辺りだ。るいが今いるのは、北六間堀町。あれからぐるりと回って、出だしの六間堀に戻ってきたことになる。

さて、もっと北へ行こうか。それとも東か西か。和尚様の言葉に甘えて今晩寺に泊めてもらうのなら、そろそろ南へ引き返すほうがいいか……。

そんなことを考えながら堀端を歩いていると、チリンと可愛らしい音がした。おやと、るいは首を巡らせる。チリン。

なんとなく音に魅《ひ》かれてるいは目の前の角を曲がった。そしてすぐ、「ああ、なんだ」と呟いた。

路地の塀の前に植木鉢を並べた台がある。鉢の傍《かたわ》らで猫が一匹、すまして顔を洗っていた。チリンと鳴っていたのは、猫が首につけている鈴だ。

るいが以前に住んでいた長屋にも、何匹もの猫が居ついていた。猫好きの住人が多かったのだろう。猫たちはいつも、長屋のあちこちでのんびりと寛《くつろ》いでいたものだ。

——ちょうど、目の前のこの猫みたいに。

るいは台の上の猫に近寄った。柄のすっきりした、三毛である。

「おまえ、綺麗な子ね。器量よしだ」

声をかけてから、周囲を見回した。

そのとたん——、

「え……」

ふいに、視界が霞《かす》んだ。まだ陽はあるというのに、その路地だけが黄昏時《たそがれどき》のように青く陰って、物の姿があいまいに歪《ゆが》んで見えたのだ。

けれども瞬きひとつすると、陰りなどどこにもない。るいが立っているのは、江戸の町中ならどこにでもある、ありふれた路地である。

「なんだか今、目の前がくらくらしたけど……」るいは腹に手を置いて、考え込んだ。

「団子をもう一串、頼めばよかったかな」

一日歩き回ってくたびれて、自分じゃもうわからないほどお腹《なか》が空《す》いているに違いない。それで目眩《めまい》を起こしたのだ。そういえば奉公先でも、一日働いてやっと夕食にありつく頃には、空腹で目が回ったものだった。

(あとで蕎麦《そば》でも食べようっと)

あらためて路地を見渡すと、奥の看板に目がとまった。あんなところに店がある。

(何の商いだろ)

思わず、そちらに向かって足を踏み出した。

と、背後でぽつりと女の声が聞こえた。

「あれまぁ。妙なのをくっつけて来たもんだね」

振り返ったが誰もいない。三毛猫が知らん顔で背中を舐《な》めているばかり。

(空耳かしらね)

表の通りの通行人の会話だろうか。そうでなければ、どこかの家の住人の声が外に漏れ聞こえたのだろう。

それきり気にも留めずに店の前に立って、るいは看板を見上げた。

「つくも……じ……や？」

九十九字屋、と板に大きな字で彫り込まれている。九十九の横に仮名で『つくも』と書いてあったから、どうにか正しく読めた。一見して小さくて古びた、もっと遠慮なく言えば貧相な店構えには似合わない、どっしりと立派な掛け看板だ。

でもこれじゃ、何が売り物なのかわかりゃしない。

暖簾《のれん》は出ていないし、戸が閉まっていて店内をのぞくこともできない。それに何やらしんとしていて、まるで中には誰もいないみたいだ。だいたいこんな路地の奥まった場所で、客が寄って来るものだろうか。

しかし客が来なけりゃ商売などやっていないだろうし、今日はたまたま店を閉めているだけかもしれないと、るいはすぐに考え直した。どっちにしたって自分には関係ないことだから、さっさとここを立ち去ろう。——と、思うのに、気がつくとその場で足踏みしていた。

何だろう。この店、なんだか気になる。こう、見えない手で袖《そで》をつまんでついついと引かれているような。

るいは身体ごと振り返って通りのほうを見た。三毛猫の姿は消えていた。

もう一度振り返って、店を見た。そして、あっと小さく声をあげた。

戸口の脇に小さな貼り紙があった。近寄ってよく見ると、これまた豆粒みたいな字で「働き手を求む」と書かれている。こんなあるのだかないのだかわからない貼り紙で、本当に雇う気があるのかと呆れたが、るいは躊躇《ためら》いもせずに戸に手をかけた。

戸はするりと開いた。店を閉めていたわけではないらしい。

「ごめんください」

中に入るとまず三畳ほどの板の間、そのつづきに畳敷きの六畳間があった。簞笥《たんす》や火鉢や机といった日常の道具が置かれてあって、さっぱりと片付いている。いやむしろ、片付きすぎだ。帳場もなければ、品物も置いてない。働いている者の姿もない。店というより、まるで他人の家に入ってきたみたいだ。

るいの呼びかけに応じて、二階から主《あるじ》らしき男が下りてきた。

一目見て、なんだかよくわからない人物だとるいは思った。

まず、顔がわからない。黒縁の眼鏡をかけていて、それが目鬘《めかずら》のように顔の上半分を隠している。月代《さかやき》を剃らずに伸ばした髪を後ろでひとつに括《くく》って、前髪は額にぼさぼさと垂れていた。こざっぱりが身上の江戸っ子からしてみれば、恐れ入るほど無精な髪だ。

次に、年齢がよくわからない。うんと年寄りではないし、うんと若いのでもないことはわかる。二十代半ばよりは上のような、三十半ばよりは若いような、なんとなくだがそんな気がするので、間をとって三十とあたりをつけた。

ひょろりとした体軀《たいく》に生白い肌。力仕事とは縁がなさそうだ。まあ、着物や身につけている物はそこそこ、悪くはないけども……。

ちょっとの間でるいがそこまで見てとった時、当の相手が口を開いた。

「ご用件は？」

「はい」るいは風呂敷包みを抱えたまま、背筋を伸ばした。「表の貼り紙を見てうかがいました」

「貼り紙？」

ひどく怪訝《けげん》そうな声が返ったので、るいは些《いささ》か面食らった。

「あの、こちらで働き手を探していらっしゃるんですよね？」

「へぇおまえさん、うちで働きたいのか」

客ではないとわかったからか、店主の口調が急にぞんざいなものになった。

「どうやってこの店に来たんだ？」

「どうって……堀端を歩いてそこの角を曲がって奥までまっすぐ、ですけど」

「ほう」

よく見つけたな、しかも貼り紙まで。そんなことを呟いて、店主は頭のてっぺんから足の先までまるで品定めでもするみたいに、るいを見ている。

(何だろ、一体)

るいはむっとした。ずいぶんと不躾《ぶしつけ》じゃないか。結局、雇う気があるのかないのか、どっちなんだ。

るいは足早に上がり口の端まで寄ると、見下ろしている店主に向かって、ぐいと顔を突き出した。

「わ、何だ」

さすがに驚いたようで、店主は眼鏡の玉の奥で目を瞠《みは》った。

「じろじろ見ているから、どうせならもっとよく見てもらおうと思いまして」

「あ、あぁ」

見返してきた店主を、負けじとるいも見返した。これではにらめっこだ。

先に折れたのは店主のほうだった。半歩さがって目を逸らせると、ふぅと息をついた。

「うーん、よくわからんな」

（あんたほど胡散《うさん》臭くないよっ）

よくわからないと思っていた人間によくわからないと言われて、るいはさらにむっとする。

「ええと、おまえさんは——」

「るいです。歳は十五です」

「私は九十九字屋の主で、冬吾《とうご》という」

「はあ」

「それでおまえさん、身のまわりで何か困ったことが起こってやしないか？」

「働き口を失って困っています」

「……そういう意味じゃない」

じゃあ、どういう意味だろう。

「ここが何の店か、知っていて来たのか？」

いえ、とるいは首を振った。

「飛び込みで雇ってもらえそうな店を探しているものですから。こちらは何の商いをしておられるんですか」

「やれやれ」

店主——冬吾は土間の壁にかけられた、一枚の木の板を指差した。そこには墨で黒々と、こう書かれてあった。

——よろず不思議、承り候
るいはしばらく木の板を凝視してから、冬吾に視線を戻した。

「不思議って何ですか？」

「不思議は不思議だ。例えば、本所の七不思議は知っているか？」

「夜中に堀で魚を釣っていると、どこからか『置いてけー』と声が聞こえるとか。夜道を歩いているといつの間にか提灯《ちょうちん》がついてくるけど、それが美しい女だったとか、そういう話なら聞いたことがあります」

『置いてけ堀』と『送り提灯』。あと『片葉の芦《あし》』『狸《たぬき》囃子《ばやし》』『落葉なしの椎《しい》』『明かりなし蕎麦』『足洗い屋敷』とるいは指を折った。

「『送り提灯』が美女だというのは嘘だな。あれは、上半身がないものだ」

「見たんですか？」

「見た」

るいは目を瞬かせた。

（しまった。この人、変な人だ）

せめて生きている人間くらいは、まともな相手と関わりあいたいと思っていたのに。

このままくるりと踵を返して、店を出ちまおうか。——一瞬、本気で迷った。

でも……ひょっとすると、だが。

（『送り提灯』て本当にいるのかしら）

いるのかもしれない。だって、ぬりかべがこの世にいるくらいだもの。しかも考えようによっては、お父っつぁんよりずっと役に立ってる。見ず知らずの他人なのに、暗い道を提灯を持って送ってくれるなんて。

「だけど、ちょっと気の毒ですね」

「気の毒？」

「身体の上半分がなかったら、不便でしょうに」

冬吾は寸の間黙り込んでから、ぼそりと言った。

「おまえさん、おかしな娘だな」

（また……）

変人だと思った相手に、おかしな娘だと言われてしまった。悔しい。

「不思議の意味なら、あたしにだってわかります。そういうことじゃなくて、このお店がどういう商いをしているか、お訊きしているんです」

ついつい、口調がつんとする。

「だから不思議を売り買いするにきまっているじゃないか」

まるで頭の悪い子供を諭《さと》すように、冬吾は腕を組んで彼女を見下ろした。

「いいか。世の中にはさまざまな不思議がある。生きている人間にとっては奇妙で奇怪で、面白ければいいが、時には命に関わるような危険な事も起こる。それらはたいてい、あやかしと呼ばれるものの仕業《しわざ》だ」

「あやかし？」

「亡霊、魑魅魍魎《ちみもうりょう》、狐狸《こり》の類《たぐい》や妖怪。前世の因縁。古い道具や樹木や石に宿る魂といったモノたちのことだ。世間にはそういうあやかしに悩まされたり、苦しめられたりしている人間がけっこういるものでね、何とかしてくれと言ってこの店にやって来る。こちらはそんな連中から金を受け取って、相談に乗ったり解決できるものは解決してやったりする。――つまりはあやかし絡みの事件を取り扱うのが、この店の『売り』だ」

るいはちょっと考え込んだ。

「祈禱師《きとうし》みたいなものですか？」

「全然違う」冬吾は不機嫌に言った。「あやかしは、ただ神仏に念じて祓《はら》えばいいというものではない。しかも祓えるならまだいい。祈禱師などという輩は、適当に頭に浮かんだことをお告げだと宣《のたま》ったり、相手の事情につけ込んで高い御札を売りつけたりする似非者《えせもの》がほとんどだ。あんな連中と一緒にされては困る」

辛辣《しんらつ》だ。祈禱師に何か恨みでもあるんじゃなかろうか。

(困るって言われてもね)

あたしにはどっちがどうなんてわからないもの。るいは心の中で口を尖《とが》らせた。

「ええと……じゃあ、もしも『足洗い屋敷』に住んでいる人がこの店に来て、毎晩天井から大きな足が出て洗え洗えとうるさいから何とかしてくれと言ってきたら、何とかするってことですか」

「そうだ」

ふぅん。どうするんだろ。

「『置いてけ堀』で魚を盗《と》られた人が、取り返してくれと言ってきたら……」

「こちらに依頼する金があるなら、魚屋で別の魚を買えというね」

そりゃそうだ。

「『落葉なしの椎』は……」

「おまえさん、私に本所の七不思議をすべて解決させたいのかい？」冬吾はうんざりしたように遮った。「『落葉なしの椎』は名前のとおり、とある屋敷の椎の木が葉を一枚も落とさないというところが不思議なのであって、それで困る者はいないだろう。むしろ掃除をする手間が省ける」

「困る人がいないから、相談しに来る人もいなくて、商いにならないんですね」

なんとなくわかってきたぞと思ってから、るいは胸の内で首をかしげた。

あらら、あたしったら、なんだってこんなに熱心にこの店の商売のことを訊いているんだろ。

どう考えてもここは、るいが望んでいるような手堅くまっとうな商いをしている店じゃない。それどころか、度外れて怪しい。店主はこんなに胡散臭いし、他に奉公人はいないみたいだし、そもそも本当に誰かを雇う気があるのなら、せめて腰を下ろして白湯《さゆ》の一杯くらい出してくれたっていいじゃないか。

(だけど……)

ああ、まただ。袖をつまんでついっと引かれているような気分。

もしかしたらと思うのだ。——そう、もしかしたら。

「しかし、『買い』にはなる」

冬吾の声に、るいは我に返った。

「買い？」

「仮に『落葉なしの椎』の落葉があるとしたら、それはたいそうな珍品だ。もし本当にそんなものがあったら、うちの店で買い取る。そしてよそで売る」

「え、売るんですか？」るいは目を丸くした。

「世の中にはそういう珍しい物に目がないという好事家《こうずか》も多いからな。それを知っていて、いわくつきの品をこの店に持ち込む連中がいるんだ」

「いわくって……」

「あやかしになった器物や絵、何とも正体の知れない物の木乃伊《みいら》、念のこもった刀剣といった類の品だ」

聞いただけで薄気味悪い。

「そういうモノは持ち主に禍《わざわい》をもたらすことがある。だからこちらで買い取って、欲しいという相手に高値で売る」

「そんなの、本当に金を出して買う人がいるんですか？　だって、持っていたら悪いことが起こるんでしょう？」

「そうとはかぎらない」

冬吾はふんと鼻を鳴らした。

「場所を替え、手にする者を替えれば、あやかしの品も立派な宝になる。ただし、持ち込まれる品の中には二束三文のガラクタもあるから、目利きは必要だ。それと売る相手を間違えないことだな」

（どうしてこんなに偉そうなのかしらね）

自分は目利きで人を見る目があると言っているようなものだ。実際そうなのかもしれないけど、いちいち威張ってるみたいな物言いが癪《しやく》にさわる。

（でも）

あやかしが憑いているような薄気味悪い品も、ところかわれば宝になるというのは、なんだかいい話だとるいは思った。

「お訊ねしたいんですけど」

まだあるのかと、冬吾は呆れた声を出す。

「『明かりなし蕎麦』か。それとも『片葉の芦』か？　あるいは――」

「『狸囃子』の話でもなくて。ここで働きたいと言えば雇っていただけるんでしょうか？」

冬吾は寸の間、黙り込むと、またしげしげとるいを見た。

「なんだ、おまえさん、本当にうちで働きたいのか」

話がすっかり出だしに戻った。

ここで働きたいかと言われれば、正直、気は進まない。

だけど――そう、さっきも思ったのだ。もしかしたら、と。

この店主ならきっと、幽霊や妖怪を見ても驚きはしない。

――どこかに、身内がぬりかべでもかまわないって店はないかしらね。

江戸中探したって、そんな店はないと思っていた。普通に働きながらお父っつぁんと一緒に暮らしたいなんて、そんなのは無理な話だと思っていた。

(そりゃ、確かに店主は変わり者だし、条件はいろいろよくないかもしれないけど……)

もしかするとこの店なら、お父っつぁんと一緒にいられるんじゃないか。

「変わり者だねえ、おまえさん」

「う」

だからあんたほどじゃないって、という言葉が思わず零《こぼ》れそうになって、るいは口を押さえた。

「さっき、どうやってこの店に来たのかと訊いただろう」

「はい」

「身のまわりで何か困ったことが起こっていないかとも、訊いたな?」

「はい」

「そういうことだ」

「全然わかりません」

冬吾は大仰《おおぎょう》にため息をついた。説明するのがそろそろ面倒になってきたらしい。

「この店に来るのはあやかしに悩まされている人間か、あやかしのことをよく知っている人間だけだ。それ以外の者は、ここには来ない。来ることができない」

「どう――」

「どうしてかといえば、あやかしとは無縁に平穏無事に生きている人間にはこの店が見えないからだ。たとえ店の前を通ったとしても気づかない。そもそも、そこの角を曲がって路地に入ってこようとも思わない」

るいはぽかんとした。気づかない？　あんなに立派な看板があるのに？

「見えないなんてことが、あるわけ――」

「ある。おまえさん、店に入る前におかしな気分にならなかったか」

「……そういえば」

路地に踏み込んだとたんに、くらくらした。お腹が空いているせいだとばかり思ったけれど。

「たいていの人間は、そこの角から路地に入る前に、自分でも気づかずに嫌な気分になってそのまま素通りする。たまさか店の看板が目に入っても、それを見たとは思っていない。人というのは、見る気のない物は目の前にあっても気に留めない。つまり、見えない」

そういうものなんだろうかと、るいは首をかしげる。でも、見る気がなくても見えてしまうものだってあると思うけど……。

冬吾は子供のように口元を曲げた。るいがうなずかないので、焦《じ》れたようだ。

「わかりやすく言えば、狐や狸に化かされているか、目眩《めくら》ましの術にでもかかっているか、魔除《まよ》けの御札ならぬ人間除けの札でも貼ってあるとか、そういうものだと思え。とにかく、用のない人間は、この店には寄りつかないことになっているんだ」

煙《けむ》に巻かれたような気分だが、それで納得するしかなさそうだった。

「ところがおまえさんは、この店を見つけて入ってきた。つまりあやかしと何らかの因縁を持つ人間ということだ。あまつさえ、表の貼り紙に気づいた。あの貼り紙は、他の人間には見えないものを見ることのできる者にしか、見えないようになっている」

どうにも頭がこんぐらがってきた。

ええとつまり……どんな仕組みか知らないが、本来は見えるはずのないものが見える人間にだけ、あの貼り紙が見えるってことか。一度頭の中で整理して、るいは言った。

「……なんで働き手を探すのに、そんな面倒くさいことをするんですか？」

「それくらいの者でなければ、ここでは勤まらない」

「そんなに難しいお仕事なんですか？」

「ただの店番と雑用だ。だが、これまで何人か働かせてくれと言ってきた者はいたが、どれも長つづきしなかったところをみると、難しいこともあるのだろうな」

少なくとも、この店主の扱いは難しそうだ。

「それで、心当たりは？」

「え……」

「おまえさんの目には、何が見えているんだ？」

ここまできたら隠しても仕方がないので、るいは正直に答えた。

「死んだ人間が見えます。つまり幽霊が」

なんだ、と冬吾はつまらなそうに言った。「月並みだな。その程度で、ここへくる必要はない。他にはないのか？」

「お……」

さすがにこれを口にするのは、今まで他人にはずっと秘密にしてきたことだから、胸がどきどきした。

「お父っつぁんがぬりかべです」

寸の間をおいて、ぬりかべ、と冬吾は繰り返した。

「……父親がぬりかべ⁉」

「はあ、まあ」

「そうすると、母親もぬりかべか？」

「いえ、おっ母さんは人間でした」急いで、つけ加える。「お父っつぁんも、もとは人間です。死んでからぬりかべになったので」

「あ、あぁ」

なるほど、と冬吾はうなずいた。

「そうか。あやかしと夫婦《めおと》になる話は聞いたことがあるが、さすがにぬりかべだと、どうやって子を成したのかと思った」

あからさまな物言いに、るいは赤くなった。

「ど、どうやってって、そんなの無理にきまってるじゃないですかっ」

「ううむ」

冬吾はぼさっとした前髪を掻《か》き上げた。

「この私がさすがに驚いた。父親がぬりかべとは」

「とにかく、そういうわけでお父っつぁんと一緒に暮らせるような働き口がなくて、困っているんです」

「今はどうしているんだ。その、ぬりかべは」

「お寺で預かってもらっています」

るいは手短に、父親がぬりかべになった経緯と、おかげで奉公先をしくじったことを話した。

「なるほど。確かにこの店へ来るには、十分な理由があるわけだ」冬吾は半ば独り言のように呟いた。

「すると、おまえさんを雇うとぬりかべもついてくるのか」

「あの、でも、お父っつぁんは悪さはしません。壁のある場所に出てくるだけで、ご飯もいりません。それと、鼠除けになります！」

るいが身を乗り出して言ったとたん。

チリン。

二階にあがる階段のあたりで、鈴の音が小さく鳴った。

(あれ、この鈴……)

さっきの三毛猫が中に入り込んだのだろうか。

冬吾はちらとそちらに目をやってから、

「おまえさん、住んでいる場所は？」

「十二歳の時に住み込みで奉公に出たので、家はありません。生まれたのは、深川の冬《ふゆ》木町《きちょう》にある丁兵衛《ちょうべえ》長屋ですけど」

その質問に何の意味があったのか、冬吾は軽くうなずいただけで、「では明日、八つ半（午後三時）にここに来い」と言った。

「明日ですか？」

「おまえさんを雇うかどうかは、それからの話だ。こちらにも事情というものがある。いきなりやって来た素性の知れない者を、はいそうですかと店に置くわけにはいかんだろう」

「紹介状ならあります」

るいは雑穀屋からもらった紹介状を懐《ふところ》から取り出そうとしたが、冬吾は「いらん」と手を振った。にべもないとはこのことだ。

（普通、お愛想でも受け取るものじゃないかしらね）

しかし断られたわけではないのだし、一日二日返答を待たされるくらいは他所でもよくある話だ。

「それじゃ明日、またこちらにうかがいます」

よろしくお願いしますと言い添えて、るいは頭を下げた。

チリン。ふたたび鈴の音がした。

冬吾はため息をつくと、顔をあげたるいに素っ気なく言った。

「もし今晩泊まるところがないなら、宿へ行け。堀を渡った向かい側に、筧屋《かけいや》という旅籠《はたご》がある。うちの客が使う宿だ」

「旅籠だなんて、そんな贅沢はできません」

るいは慌てて首を振った。

「座敷ではなく女中部屋なら、宿代はとらん。筧屋の主人は私だ」

「ええ？」

ここの店主で、旅籠の主人？　るいは面食らって目を丸くする。

（この人、一体どういう人なんだろ）

もしかするとお大尽《だいじん》だとか。とてもそんなふうには、見えないけど……。

しかし寝る場所があるのは、ありがたいことだ。さっき暮れ六つの鐘が鳴って、外はもう暗い。寺まではうんと遅くなるほどの距離ではないが、あそこに戻ったら戻ったでお父っつぁんがしのごの言い出すにきまっているから、億劫《おっくう》な気はしていたのだ。

宿代がいらないなら、女中部屋だって御の字である。

「ありがとうございます。仰《おっしゃ》るとおりにさせていただきます」

るいはぱっと笑顔になって、もう一度頭を下げた。


「ぬりかべの娘とはな……」

るいが出て行った戸口を見つめて、冬吾は呟いた。

「――いい娘《こ》じゃないか。雇ってやりなよ」

階段のほうから声がした。女の声だ。

「それに鼠除けになるなら、こっちも楽ができるというものさ。蔵の中の品を齧《かじ》られずにすむからねえ」

「本人がちゃんと働くかどうかだ。どこの店でも、愚図の役立たずは必要ない」

クックッと笑い声が返る。

「あんたが店番をやるよか、よっぽどいいよ。さっきの笑顔を見たろ。お天道様《てんとうさま》みたいに明るくて、陰りがない。それになかなかの別嬪《べっぴん》だ。無愛想なあんたが相手をするより、客は喜ぶと思うけどね」

ふん、と冬吾は大きく鼻を鳴らした。

「そこがわからないんだ。この店に来る者には多かれ少なかれ、陰の気がまとわりつく。あやかしと関われば、必ずそうなるものだ。ところがあの娘にはそれがない。むしろ、陽の気のほうが強いように見える」

亡者が見えて父親がぬりかべで、それでどうして陰の気がないんだ、納得がいかないと冬吾はぶつぶつ言った。よほど能天気なのか性格が大雑把《おおざつぱ》なのか、ありえないほど肝が据わっているか、阿呆《あほう》なほど生命力が強いのか。ともかくおかしな娘だ。

「変わり者なら、あんたと気が合うじゃないか」

「自分の半分ほどの年齢の娘と気が合うわけがなかろう。――そんなことより、深川冬木町の丁兵衛長屋だ。いつものように頼む」

「あいあい」

ふと思いついたように、声の主はつづけた。

「あんた、たまには眼鏡を外しちゃどうだい」

「なんだ」

「気づかないなんて、どうかしている。あの娘、よけいなものを連れてきたよ」

「——」

忍び笑いがまた聞こえて、遠ざかっていった。

チリン、と鈴の音が夜の闇に響いた。

三

翌日。約束の時刻までは間があったので、るいは旅籠を出てから本所に足を延ばして、女手を求めている店をせっせと探して回った。万が一、九十九字屋の話が駄目になった時のためである。

条件の良い店はいくつかあった。昨日のうちなら、るいは喜んでそれらの店のどれかで働くことにしただろう。——でも、今日は違った。お父っつぁんと暮らせるかもしれないと、一度でも望みを持ってしまった今は。

そうすると、当然ながらぬりかべを一緒に連れて働けそうな店など見つかるはずもなく、るいはついに諦めて、回向院《えこういん》のあたりをぶらついてから北六間堀町に戻った。その足で、九十九字屋に向かう。

時間はまだ早いけど、店先で待たせてもらうぶんにはかまわないだろう。

「ごめんく……」

「遅い！」

戸を開け、店の敷居を跨《また》ごうとしたとたんに不機嫌な声に迎えられて、るいは面食らった。きょとんとして見れば、三畳の板の間で店主が仁王立ちになっている。眼鏡の玉の向こうから、こちらを睨んでいた。

「……約束の刻限まで、あと半刻ばかりありますけど」

「そんなことはどうでもいい」

むっつりと言って、何を思ったか冬吾は眼鏡を外した。

（あれ？）

るいは目を瞠った。眼鏡を取り去ったこの男の顔を、初めてまともに見た。

（驚いた。けっこう男前じゃない）

前髪が額にうるさくかかっているのは相変わらずだけど、その下にのぞく目はきりっと目尻があがっていて、鼻筋も涼やかに通っている。思いの外、端正な顔立ちだった。きちんと髷を整えて素顔のままで通りを歩けば、そのへんの女たちがこぞって色目を使うに違いない。

ところが。見た目の優男《やさおとこ》ぶりとは裏腹に、冬吾は横柄《おうへい》に顎で土間の隅を示すと、いっそう不機嫌に言った。

「そいつを何とかしろ」

「はぁ？」

そいつ、と言われたものに目をやって、るいは首をかしげた。

男が一人、土間にうずくまっている。まるで水からあがったばかりのように、解けた髷や着物の端から水滴が落ちて、床を濡らしていた。青黒い肌に生気はない。膝を抱えるようにして俯いたまま、見開いた目もどろりと濁っている。

「……すでにお亡くなりになっていますけど」

「そうだな」

「お客ですか？」

「客⁉」冬吾は呆れたように、るいを見た。「幽霊が金を払うと思うか？　生きているが死んでいようが、金を払えない者は店にとっては客ではないぞ」

「それはそうですね」

納得している場合ではなかった。

「あの、何とかしろって……あたしがですか？」

困惑したるいに、冬吾は当然とうなずいて見せた。

「おまえさんの知り合いだろうが」

「とんでもない。赤の他人です」

「だが、ここに連れて来たのはおまえさんだ。どこでくっつけて来たかは知らないが、おまえさんが帰ってしばらくしたら、ああして座りこんでいた。置いていかれても迷惑だ。早くどうにかしろ」

そんなことを言われましてもと、るいは眉を寄せた。

あらためて土間の男を見つめる。死んだ人に知り合いなんていたかしら？　……でも、そういえばなんとなく、この幽霊はどこかで見たような……。

「あっ」

　思い出した。

（昨日、橋にぶら下がっていた人！）

　六間堀の橋のひとつで、るいがおのれの運のなさを嘆いていた時に見かけた相手だ。うっかり声をかけたりしたから、くっついてきたに違いない。でも一体、いつからだろう。昨日は働き口を探すためにさんざん歩き回って、あの橋も何度か渡った。その時にこの男が同じ場所にいたかどうかなんて、気にも留めなかったのだ。

「おまえさん、幽霊が見えるのだろう。どうして気がつかないんだ」

　しまったと頭を抱えたるいを見て、冬吾は冷ややかに言った。

「そりゃ目の前にいれば気もつきますけど、この人はうしろからこっそり隠れてついて来たに違いありません。人間でも幽霊でも、そんなふうにされたらわかりっこないですよ」

　冬吾は寸の間、考え込むふうを見せた。そうかと、呟く。

「――気配云々ではなく、おまえさんは本当に生きた者も死んだ者もそのまま、一緒くたに目で見ているんだな」

目で見るのでなけりゃ他に何で見るんだろと思いながら、るいは男の前に立った。腰に手をあて、睨みおろす。

「ちょっと、あんた。昨日は放っておけってな顔をしてたくせに、こいつはどういう了見だい。他人の後をついてくるなんて」

この場合、「尾《つ》いてくる」のか「憑《つ》いてくる」なのか、どっちだろう。

とにかくるいは、むかむかと腹が立った。口調が男勝りになるのは、怒った時の癖だ。

「だいたい、追いかけてくるなら端から堂々と姿を見せりゃいいじゃないか。それならこっちも、愚痴のひとつも聞いてやろうってもんだ。それをこそこそ隠れてつけてくる性根が気にくわないね。なんて肝っ玉の小さい男だい！」

威勢よく文句を言われて、幽霊は青黒い顔をあげた。驚いたらしい。

「こんなところで座り込んでたって、何にもならないよ。——ほら、行った行った！」

るいは男の腕を摑むと、引きずるように立たせた。ありがたいことに、幽霊は軽い。空気を揺らすように腰を浮かせた男をそのまま引っぱって、「うわ、冷たい。うわ、ぶよぶよ」と小さく悲鳴をあげながら、るいは相手を外に押し出し、ぴしゃりと戸を閉ざした。

「どうにかしました」

「……どうにもなっていないぞ」

言われて振り向くと、くだんの男が閉まったままの戸をするりと通り抜けて、また中に入って来たところだ。

「わ、しつこい」

「よほどおまえさんに執着したようだ。その様子では、いつまでもつきまとうだろうな」

「うぅ」

最悪だ。こんな縁もゆかりもない男につきまとわれるなんて。こっちは今、それどころじゃないっていうのに。――と、そこまで考えて、用件を思い出した。

「あの、それで、あたしを雇っていただけるんでしょうか？」

冬吾は真剣な面持ちで身を乗り出したるいと、その横でぼうっと立っている幽霊を交互に見て、何とも言えない顔をした。

しかしすぐに、横を向いて鼻を鳴らすと、

「そんなものをくっつけたままで雇えるか。このまま居座られたら、商売の邪魔だ。ここで働きたければ、どこかに捨ててくるか、成仏させるか、とにかくそいつがいなくなってからもう一度店に来い」

「え、そんな」

「それくらいのこともできないなら、端からうちでは必要ない。役立たずに店番をまかせるつもりはないからな」

　ぴしゃりと言われて、るいは頭の芯が熱くなるのを感じた。

（役立たずだって？　上等じゃないの）

　腹に力をこめると、ぐいと胸を反《そ》らせて冬吾を睨んだ。

「わかりました。――この人を成仏させりゃ、文句はないんでしょう？」

　いいとも。やってやろうじゃないか。

　そのかわりと、るいは冬吾に指を突きつけた。

「ちゃんとやってのけたら、あたしをここで働かせてください。もちろん、お父っつぁんも一緒に」

「どうして私がそんな約束を――」

「駄目だっていうなら、やりません。この人に頼んで、もうずっとここに居てもらいますから。この人が入り口に座り込んでいたら、お客はみんな中に入ったとたんにこの人につまずいて、すっ転がりますからね」

「……脅す気か」

冬吾は苦笑した。

「いいだろう。約束してやる。それだけ大口を叩くのなら、うまくいかなかったら二度とここへは来ないだろうからな」

どこまで嫌味なんだろ。るいはぷりぷり怒りながら傍らの幽霊の腕を摑み、「失礼します」と一言残して、店を飛び出した。

「……見えるだけでなく、触れることもできるのか」

地団駄《じだんだ》を踏むようにして遠ざかっていく娘と、摑まれた手拭《てぬぐ》いみたいにひらひらと引きずられてゆく男の霊を見送って、冬吾はどうなっているんだと呟く。

と、昨日の女の声がまたどこからか聞こえた。

「まるきり子供だね」

「十五なら、子供という歳ではないだろう」

「あんたのことを言ってるんだよ」

「なんだって」

「あの娘の身の上は嘘じゃない。小さい頃に母親を病で亡くして、父親は本当に妖怪だ。あれでなかなか苦労している。父親のことも死んだ人間が見えることも、周囲には一生懸命に隠していたようだしね。……でもいい娘だって、丁兵衛長屋の連中も太鼓判を押していたよ。いっつも優しく声をかけて撫でてくれたってさ」

「だから何だ」

「断る気はないくせに。意地悪などして、あんたも大人げないねぇ」

冬吾はむっと顔をしかめると、眼鏡をかけなおした。

「ここに来る客は皆、あやかし絡みだ。幽霊ひとつ満足に扱えないようでは話にならん。知らないでいれば痛い目にあうから、ああ言っただけだ」

「相手がもし危険な霊だったらどうするのさ」

「あの男からはそれほど強い恨みは感じられなかった。少なくとも、生者を害することはない。――そんなことより」

冬吾は声の出所を睨んだ。

「壺《つぼ》の油がずいぶん減っていたぞ。あれはおまえさんの食い物じゃないと、いつも言っているだろう」

「おやおや、こっちにとばっちりだ」

くわばら、くわばら。そう言って笑うと、声の主は足音もたてずに気配を消した。

「……とは言ったものの、どうやったら成仏してくれるんだろ」

るいは堀端の石段に腰掛けると、頬杖《ほおづえ》をついた。さてこれからどうしたものか。

怒って店を飛び出してきたはいいが、そこははずみというやつで、ちゃんとした算段があったわけではない。

(なんだかおかしな話になっちゃったなあ)

隣には男の幽霊がちんまりと座っている。相変わらずぐっしょり濡れていて、滴《したた》る水で足下に水溜まりができていた。

それを見やって、るいは肩をすくめた。

「いつも不思議に思っていたんだけど、幽霊ってどうして、律儀《りちぎ》に死んだ時のままの姿であらわれるの？　身体がないんだから、どんな格好だっていいじゃない。いつまでもそんなビショビショぶよぶよしていないでさ」

長年の疑問を口にしてみたら、幽霊のほうも思うところはあったようだ。虚ろに見開いたままだった目が、落ち着かなげに動いた。

（おや）

男の身体の輪郭がぶれた。陽炎《かげろう》のようにふにゃふにゃと揺れたかと思うと、るいが瞬きをひとつする間に、その姿が変わった。水を重く吸っていた着物が乾き、髷もきちんとかたちになっている。そうして見ると幽霊は、こざっぱりとしたなりの、ちょっと風貌のいかつい中年男だった。顔色が悪いのは、まあ仕方がない。それでも青黒かった肌が、血の気の抜けた水色くらいにはなった。

「うん、そのほうがずっといいよ」

るいはうなずいてから、堀の水面に目をやった。

（和尚様に頼んでみようかしら）

海月和尚なら、この幽霊を説得して成仏させてくれるかもしれない。そういうことも寺の住職の仕事じゃないかとるいは思う。

（でも……）

それだと、あたしがこの人を成仏させたことになるかしら。ならないんじゃないかな。

なんだ大口を叩いたくせにとせせら笑う冬吾の声が聞こえた気がして、るいは口元を曲げた。

(意地でも、あたしが自分でどうにかしなきゃ)

目の前を、小舟がのんびりと通り過ぎていった。細波《さざなみ》がちゃぷりと足下に打ち寄せる。

そういえばと、るいは思った。子供の頃、太助さんと話をした時もこんなふうだったっけ。こうして石段に腰をおろして、堀割の風景を一緒に眺めていたっけ。

——死んでもあの世へ行けねえで幽霊になるってのは、たいがい未練があって死にきれねえってことだからなぁ。

太助はるいと会って話をして、気が晴れたと言っていた。それで成仏したのだ。

だとしたら、今隣にいるこの男の未練は何だろう。

(どうしたって、そこのところを聞かないことには、はじまらないわね)

あまりどろどろした話じゃなきゃいいけどと、るいはため息をつく。

と、傍らでぼそりと声がした。

「……すまねえな」

るいは男を見た。わあ、驚いた。この人、初めてしゃべったわ。

「あんた、名前は？」

訊いてから、「あたしは、るい」と急いでつけ加えた。

「茂吉《もきち》」

声を出すことをやっと思い出して、でもまだ口が上手《うま》く動かないのだろう。男は何度も唇を震わせてから、答えた。

「じゃあ、茂吉さん。ええと、まずどうして幽霊になったのか、教えてもらいたいんだけど」

「俺は……殺された」

その一言で、話の先は見えるというものだ。

(あぁ、やっぱりどろどろした話になりそう……)

げんなりしたるいだが、こうなったら腹を括《くく》るしかない。

「殺されたのがよほど口惜しくて、あの世に行きそびれちまったんだね」

茂吉はうなずいた。そうしてまた、唇を震わせる。

低く、言葉を吐き出した。

「俺を殺したのは、辰次《たつじ》って野郎だ」

「——辰次とは、同じ長屋で育った幼なじみだった」

語るうちに、茂吉の口も次第に滑らかに動くようになっていった。

それぞれ長屋を出た後は離ればなれになっていたが、ある時ひょんなところで顔を会わせた。その頃茂吉は賄《まかな》い屋で働いており、辰次は料理人になっていたが喧嘩沙汰《けんかざた》を起こして店をクビになったばかりだった。あいつはおとなしそうに見えて、カッとなると口より先に手の出る性分だからと、茂吉は言った。

子供の頃から二人は妙に馬が合った。再会してもそれは変わらなかった。会ったその日に意気投合し、茂吉は賄い屋をやめて辰次と一緒に食い物の屋台をはじめることにした。

もちろん伝手《つて》もない素寒貧《すかんぴん》からの出発で、最初のうちは自分らが食うのもやっとという生活がつづいたが、工夫をこらし他の店とは違うものをという努力が実って、屋台に通う客は少しずつ増えていった。

「俺たちは必死に働いて、金を貯めたよ」

二人で賄い屋をやろう。屋台なんかじゃない、本当の店だ。——再会したその日に語りあった夢がようよう現実味をおびるまでに、商売が軌道にのってからさらに十年かかった。

「あと少しってとこだったんだ。どこの場所に店を出すかって話にまでなっていた」

ところが。

辰次が突然、これまでの蓄えの半分をよこせと言ってきた。これまで二人で働いて貯めた金だ、半分もらう権利が俺にはあると。とんでもねえと茂吉は言い返した。あの金は二つに分けられるものじゃない。半分をおめえが持っていったら、店を出すこともできねえじゃないか。今まで何のために、身を粉にして働いてきたと思っているんだ。

その時はそれでおさまった。辰次は青い顔で唇を噛《か》むと、「そうだな」とうなずいた。

「だがその数日後だ。……ありゃあ、昨年の師走《しわす》の入りのこった。ずいぶんと冷え込んだ日だった」

前の日に霙《みぞれ》まじりの雨が降ったこともあって、屋台で出す熱い汁物が飛ぶように売れた。それで気をよくした茂吉は、屋台が終わった後、辰次を誘って飲みに出た。

「なに、たまの贅沢だ、それにこんなに寒くちゃ飲まずにやっていられるかってな。俺がそう言うと、辰次はおとなしくついて来た。……その帰り道さ。野郎は酔っぱらった俺をあの橋から堀に突き落としやがったんだ」

水は凍るようだったし、酔っていたせいもあるだろう。茂吉はそのまま溺《おぼ》れ死んだ。辰次は彼が浮かんでこないのを確かめると、連れが誤って堀に落ちたと、あたりに大声で叫び回ったという。

現場を見ていた者はいなかった。翌朝引き上げられた死体にも、不審な傷はなかった。結局、辰次の証言どおり一件は事故ということで処理された。

「誰もその辰次って奴を疑わなかったの？」

話が切れたところで、るいは訊ねた。

「疑う理由もねえからな」

「だけど、金のことで揉《も》めたんでしょ？」

「他の奴らは知らねえことだ。それに俺と辰次の喧嘩ってのは、摑み合いくらいはしょっちゅうでな。しまいにゃ屋台に来る客も慣れちまって、『またはじまった』って笑いながら見ていたくらいさ。今さらあいつが、揉め事で俺を殺すとは逆に誰も思わねえ」

ひどい話だねと、るいは顔をしかめた。

「辰次はあんたを殺しておきながら、今ものうのうと暮らしているわけか」

「……ああ」

「どうして儲《もう》けの半分をよこせなんて、言ってきたんだろ」

一寸《ちよつと》の間を置いて、「さあな」と硬い声が返った。

「辰次が今どこにいるか、わかる？」

「もとの場所でまだ商売をつづけているかどうかは、わからねえ。住んでた長屋からは引っ越しちゃいねえと思うが」

長屋と屋台を出していた場所を聞いて、るいは「よしっ」と立ち上がった。

「どうする気だ？」

「もちろん、辰次をとっちめて、茂吉さんを堀に落としたことを白状させて、番屋につきだしてやるのよ」

「あ、おい!?」

今にも駆け出す勢いのるいを、茂吉は慌てて引き留めた。

「ま、待て」

「どうして」

「今から行くのか？　もう夜になるぞ」

るいはきょとんとして、茂吉を見た。言われてみれば陽は西に低く傾き、堀には夕闇が忍び寄っていた。茂吉の話を聞いているうちに、思いの外、時間が過ぎていたようだ。

「幽霊がそれを言う⁉　夜こそ幽霊の出番でしょ。昼日中に出てくるよか、よっぽど健全じゃないの」

「俺はあんたのことを言っているんだ。あんたみてえな若い娘が、暗くなってからあちこちうろつき回るのは感心しねえ。堅気《かたぎ》の娘が夜道を一人でふらふらしていたら、危ねえだろうが」

そうくるか。

「……幽霊にそんなまっとうな説教をくらうとは思わなかったわ」

るいはもう一度石段に腰をおろした。

「だいたい、辰次みてえな大の男を、その細腕でどうやってとっちめるってんだ」

「茂吉さんが目の前に化けて出れば、辰次も観念して白状すると思ったんだけど」

「俺の姿があいつに見えるとはかぎらねえ。見えなきゃ、しらを切られるだけだ」

「うーん。そっか」

じゃあどうしようかなと、るいはまた頬杖をつく。

「すまねえ。あんたに迷惑をかけているってのは、わかっているんだ」

茂吉はゆるゆると首を振った。

「あんたが話しかけるまで、俺はあの橋から動けなかった。どうやっても、あそこにしがみついていることしか、できなかった。ところがあんたの声を聞いたとたん、なんていうかこう、いきなり身体がふわっと軽くなってな。……それで、次にあんたをあの橋で見かけた時、気がついたら後を追いかけていた」

「でも好きなところに行けるってわけじゃないのね」

どういうわけかと、茂吉は首を捻る。

「あんたがいねえと急に、自分がどこにいるのかわからなくなっちまうんだな」

へえ、そういうものなのか。幽霊というのは、あの世への道どころか、この世の道も迷うらしい。

るいはとっくりと茂吉を見つめて、言った。

「辰次を恨んでいるんでしょ？　仕返ししたいんでしょう？　そうじゃなきゃ、成仏できないものね」

「あ、あぁ」

「もうちょっとで念願の自分の店を持てたのにって、それが口惜しくて未練で。自分を殺した辰次が憎いのよね」

少し間があって、「そうだ」と茂吉はうなずいた。

「あいつは俺を裏切りやがったんだ。俺を殺して、知らん顔をしやがって。許せねえ」

「だったらどうやったって、辰次を懲《こ》らしめてやらなきゃ。……ここは何とか、手だてを考えましょ」

「本当に悪いなぁ」

「茂吉さんが謝ることないよ。あたしは、あたしのためにやっているんだから」思い浮かべた冬吾の顔に、るいは盛大にあかんべーをしてやる。

「これは、女の意地ってやつよ」

さすがに今夜は旅籠に泊めてもらうわけにはいかないし、るいには思うところもあったので、一度海月和尚の寺に戻ることにした。

寺と聞いて茂吉は腰が引けたようで、そこに残ると言い出した。まあ、一箇所にじっとしているぶんには、幽霊も問題はないだろう。翌日この石段で合流することにして、るいは茂吉とあれこれ話し合ってから、その場を後にした。

今宵《こよい》の月の出は遅い。小名木川を越え仙台堀の手前の武家地にさしかかった頃には、あたりは真っ暗になっていた。

るいは足を速めた。というのも——どうもさっきから、誰かが後ろをついてきているような気がしてならない。

振り向くと、闇の中に提灯の明かりがひとつ、揺れているのが見える。

るいが足を速くしたぶん、相手も動きを速くした。

心臓がどきりとした。——間違いない。あたしを尾けてきているんだ。

(もしかして、物盗りとか拐《かどわ》かしとか)

町人地ならこの時刻も人通りはあるが、武家地となると昼間でもひとけはない。大声をあげても誰も駆けつけてきてはくれないだろう。

こんなことなら、無理にでも茂吉さんを引っぱってくればよかった。幽霊が何の役に立つとも思えないけど、この場にいないよりずっといい。

早いとこ堀を渡っちまおう。ああでも、寺までの道も人通りは少ない。だったら辻番を見つけて駆け込んだほうがいいかも……。

（あれ？）

だが何度目か肩越しに振り向いた時に、るいは妙なことに気がついた。

提灯はずっとついてくるが、その距離が近づきもせず、離れもしないのだ。るいが角を折れれば同じように折れる。試しに足を止めると、相手も止まった。

（……ひょっとすると）

もしかすると。ううん、きっとそうだ。

これが話に聞く本所七不思議のひとつ、『送り提灯』なのでは。

そう思ったとたん、一瞬にしてるいの頭の中をいろんなことが駆けめぐった。

——なんてことだろ。昨日は幽霊がついてきて、今日は化け物がついてくるなんて。

あたしってつくづく、そういうモノに縁があるんだわ。——でも『送り提灯』て確か、人間に悪さはしなかったはず。とすると、この状況では相手が人間より化け物のほうが、よっぽどマシってことだけど——。

（提灯を持っているのは美女？　美女だっけ？　……あ、そうじゃなくて）

『送り提灯』は上半身がないと、冬吾は言っていた。でも、それはおかしなことだ。身体の上半分がなかったら、どうやって提灯を持つのだろう。

るいは次の角を曲がり、息をひそめて道の端に身を寄せた。すぐに提灯も追ってくる。相手が角を曲がろうとした矢先、るいはその目の前に飛び出した。

そうして、お互いに「きゃっ!?」と悲鳴をあげた。

「ああ、驚いた。なんだい、一体」

提灯を持っていた女は、呆れたようにるいを見た。

夜目にも美しい女だった。洗い髪をそのままに、端だけ丸く結んでいる。白い肌に薄化粧を施して、炎の光に玉虫色の唇がちらと光った。浮世絵から抜け出たような顔立ちだ。

「ご、ごめんなさい」

るいは思わず頭を下げた。

「あなたが『送り提灯』ですか？」

「はぁ？　そりゃ何の冗談だい」

「だって……提灯を持ってついてくるし……上半身はあるけど、美女だから……」

言いながらるいは、頬が熱くなるのを感じた。自分がとんでもない誤解をしていたことに、気づいたのだ。

（この人、どう見ても生きた人間だ）

女はぽかんとしてから、指の背を口元にあてて笑い出した。

「あはは。嬉《うれ》しいことを言ってくれるねぇ。でもはばかりながらあたしは、そんな妖怪じゃあないよ」

「間違えて、ごめんなさい！　あたしったら」

今度こそ平謝りのるいを面白そうに見てから、女は「持っておいき」と提灯を差し出した。

「月が出るまでには、まだ間がある。暗いと足下もおぼつかないだろう」

るいは顔をあげると、とんでもないと首を振った。

「そんなことをしていただいたら、申し訳ないです。あなただって、明かりがなかったらお困りでしょう」

「あたしは夜目が利くからいいんだよ」

「でも」だの「あの」だのと言っているうちに、女はさっさと提灯の柄をるいの手に握らせた。

「これで夜道を照らせば、悪い人間も危険なあやかしも、そばに寄ってはこないからね」

「え？」意味がわからなくて、るいは首をかしげつつ、「だけどお借りしても、お返しできませんから……」

「後で本人に返せばいいさ。あたしは、あんたを見ているように言われたから、こうして後をついてきただけだ」

「見ているって……誰に？」

女は提灯を指差した。そこに「九十九字屋」と墨で書かれた字を見つけて、るいは「あっ」と目を瞠る。

（……あの人が？）

九十九字屋の店主の顔が頭をよぎった。

つまりこれは——あの人が気を遣《つか》ってくれたということだろうか。

すぐに、るいはぶんと首を振った。

（まさかね。そんなわけない）

店の奉公人だというならともかく、まだ雇われた身ではないのだし。あれだけつんけんした遣り取りの後だし。あんなに横柄で高飛車な男だし。

思ったことが顔に出たらしく、女は目を細めてニッと笑った。

「あいつはあれでも、根っこの根っこの根っこのところじゃ、情のある男なんだよ。ま、よけいなことだけどね。あたしが言ったことは、あの男には内緒にしといておくれ」

内緒も何も、この女が何者なのかもるいは知らない。あの店主がこの人をよこしたのはどういうわけかしらと、不思議にも思う。

「あの、ひょっとして、あなたは九十九字屋のお内儀《かみ》さんですか？」

「あたしが？　冬吾の連れあいだっていうのかい」

女はひらりと手を振った。

「ただの顔馴染みさ。あんたがあの店で働くようになったら、顔を会わせることもあるだろうよ」

それじゃと女は踵を返す。

「ありがとうございます」

慌てて礼を述べてから、（あ、名前を聞いてない）と頭をあげた時には、女の姿はすでになかった。

まるで消えてしまったみたいだ。るいは目を瞬かせる。いくら暗くたって、遠ざかる足音くらいはするだろうに。

手にした提灯が、ほわんと温かく足下を照らしている。

その光を見つめて、今しがたの女の言葉を思い返した。

（根っこを三回も掘り返したら情があるって……それって、普通に素直じゃないってことだと思うけど）

なんとなく可笑《おか》しさがこみあげて、るいはクスッと笑った。

チリン。闇の中、どこかでかすかに鈴の音が聞こえた。

四

さて、一夜明けて次の日。六間堀に戻って茂吉と合流したるいは、その足で辰次のもとへ向かった。

辰次は大川縁《べり》に出した屋台で、客を迎える準備をしていた。商売の場所を替えてはいなかったようだ。

少し離れた物陰から食い入るように辰次を見つめ、茂吉は表情を険しくした。死人の顔色だからわからないけれど、もし生きていたら真っ青になっていたかもしれない。身体をぶるぶる震わせていたかもしれない。

「ここで待っていて」

茂吉を残して、るいは物陰から足を踏み出した。

「——あの。あなたが辰次さんですか？」

屋台に近寄って声をかけると、辰次は台の向こう側から顔を出した。

「ああ。何だい」

茂吉よりも少し若く見える。細面《ほそおもて》の、確かに一見おとなしげな印象の男だ。

「さっき六間堀の橋の上ですれ違った人に、これをあなたに渡してほしいと頼まれたんですけど」

そう言って懐から文を取りだしたるいに、辰次は怪訝な目を向けた。

「頼まれた？　誰にだい」

さあと、るいは首をかしげて見せた。

「男の人です。ちょっといかつい感じの……」

六間堀からこの大川縁までは、通り一本でつながる距離だ。どこかへ出向く途中だった娘が、偶《たま》さか通りすがりに頼まれ事をされて、ついでだからとここへ立ち寄ったとしても、不自然ではない。

辰次に文を手渡すと、るいはにっこり笑った。

「じゃ、あたし、お使いの途中で急いでいますので」

相手がそれ以上何か言う前に、小走りでその場を離れた。そのまま茂吉の待つ物陰に戻り、こっそりと屋台のほうをうかがった。

首を捻りながら文を広げた辰次だが、見る間にその顔色が蒼白《そうはく》になった。ぐしゃりと文を丸めて懐に突っ込み、怖々とあたりを見回す。

「行こう、茂吉さん」

辰次が屋台を畳みはじめたのを見届けると、るいは固まったままの茂吉の腕を引いて、そっとそこから立ち去った。

一刻の後、るいは小名木川を南に渡ってすぐの寺院の裏道にいた。寺の塀と武家屋敷の白壁に挟まれた寂しい場所である。足袋屋で働いていた頃、この辺りにお使いに出されて何度かこの道を通ったことがあったが、人に出会《でくわ》すことは滅多《めった》になかった。

「……辰次は来るかな」

るいの隣で、茂吉が低い声で言う。自分に訊いているみたいな口調だ。

「来るわよ。絶対」

るいは請け合った。文を読んで辰次が鼻でせせら笑ったのなら、そうも言えなかったが。

——俺はあの夜、六間堀でおまえが俺にしたことを忘れてはいない。もう一度おまえと話がしたい。

文はそういう内容だった。もちろん、るいの手によるものだ。この場所と時刻を指定し、最後に茂吉の名を記した。

辰次が姿をあらわしたのは、約束の刻限を告げる鐘が鳴り終わった時だった。こちらへ向かって来る足取りが少々おぼつかないところを見ると、酒を飲んでいるようだ。素面《しらふ》のままではいられなかったらしい。

「おめえは、さっきの——」

屋敷の壁を背にして佇《たたず》むるいを見つけ、辰次はぎょっとした顔をした。

「畜生。何のつもりだ⁉」額に手をやると、酒気で濁った目でるいを睨む。「あの文は、どういうこった？　おめえ、誰からあの文を預かったんだ。……茂吉じゃねえ、そんなはずがねえ。あいつは去年、堀に落ちて溺れ死んだんだ。死んだ人間が文なぞ書くわけがねえからな！　一体、誰が——」

まさか目の前の娘が自分を嵌《は》めたとは思わないのだろう。ここに呼び出した張本人が今にもあらわれるのではないかと、辰次は落ち着かなく視線を動かしている。

「辰次！」

茂吉がひび割れた声で呼んだが、辰次は反応しない。やはり、死者の姿が見えていないのだ。

「死んだんじゃない。茂吉さんは、あんたに殺されたんだ」辰次を見据えて、るいはきっぱりと言った。「あんたが、茂吉さんを堀に突き落としたんじゃないか」

「……何だと」

「あの文を書いたのは、あたしだよ。あんたに、自分のしたことを一切合切《いっさいがっさい》、白状してもらうためにね。このままじゃ、茂吉さんが浮かばれないから」

酒で赤らんでいた辰次の顔が、今度はゆっくりと青くなっていく。るいを見つめる目に、物騒《ぶっそう》な光がよぎった。

「そうか、わかったぞ」辰次は嫌な笑い方をした。「おめえ、俺を脅そうってんだな。俺が茂吉を殺したと言いふらされたくなきゃ、金をよこせってぇわけだ。小娘のくせに、たいした悪党だぜ」

「そういや、あんた、金は持ってるんだっけ」

るいは相手から目を逸らさないよう、腹に力をいれた。おい気をつけろと、傍らで茂吉が心配げに囁く。それには大丈夫だとうなずいて、

「茂吉さんと二人で働いて貯めた金があったんだろ。もうじき店を持てるくらいの額にはなってたそうじゃないか。確か、木場《きば》に木挽《こび》き職人相手の賄い屋を出すって話じゃなかったかい」

辰次の笑みが引き攣《つ》る。

「どうして、それを」

「茂吉さんがいなくなりゃ、その金を半分どころか丸々全部自分のものにできる。そのためにあんたは、十何年も苦楽をともにしてきた友人を堀に落として殺したんだ。悪党はどっちだい」

「おめえ、あそこにいやがったのか。あの時、俺たちを見ていたのか。……おめえは、

茂吉の何なんだ？」

「見ず知らずの他人だよ」

　茂吉さんが生きていた時はね。るいはつけ加える。

「あたしは金が欲しくてあんたを脅しているわけじゃない。言ったろ、このままじゃ茂吉さんが浮かばれないって。——茂吉さんはね、死んでからもずっとあの橋にいたんだよ。あんたのことが恨めしくて、あの世にいけなかったのさ。あたしはたまたま茂吉さんを見かけて、妙な縁で成仏させなきゃいけなくなっちまった。だから、あんたをここに呼び出したんだ。あんたを下手人として番屋につきだすためにね」

「茂吉が……死んでからも……あそこに」

　辰次の顔色は、今や土気色になっていた。まるで首を絞められてでもいるかのように、途切れ途切れに言葉を漏らした。

「……そいつは、亡霊……」

「そうさ」

「俺を……恨んで……恨んでいる、せいで……」

「茂吉さんは今、ここにいるよ。あたしの隣にいる」

辰次は弾《はじ》かれたように視線を動かした。隣と言われて、るいの左右に目を凝《こ》らす。

「い、いねえ。誰もいねえ。……いるはずがねえ」

るいは顎を反らせた。しっかりと、傍らの茂吉を指差した。

「こうなっても見えないのかい。とことん薄情だね」

「……で」

突然、辰次の声が裏返った。声というよりも、それは音だ。金具が軋《きし》んで壊れるような。

「で、出鱈目《でたらめ》だ！　わけのわからねえことを言いやがって！　おめえは何だ、何のつもりだ!?　俺は……俺は……違う、違う、違う違う違う違う――！」

ぎらりと硬い光が目に入って、るいはハッと身構えた。後退《あとずさ》り、壁に背中を押しつける。

辰次は懐に呑《の》んでいた匕首《あいくち》を引き抜き、刃をるいに向けた。

「俺は番屋になぞ行かねえ。行くもんか。……俺は今、捕まるわけにゃいかねえんだ！」

「やめろ、辰次！」

辰次が匕首を握って飛び出したのを見て、茂吉は叫んだ。とっさに押しとどめようと前に出たが、空気が立ちふさがるようなものだ。

その瞬間、るいも叫んでいた。

「お父っつぁん！」

「おう！」

るいの背後から、白壁の色をした太い腕がにゅっと突き出た。そのまま五、六尺ばかりも前方に伸びたかと思うと、突進してきた辰次を力まかせに拳で殴り飛ばした。一撃で辰次は匕首を取り落とし、もんどり打って地面に転がった。

「てめえ、俺の娘に何しやがる！」

しゅるりと腕を引き戻し、壁が吠《ほ》えた。

「ひっ」

地に這《は》いつくばったまま、辰次は目をむく。壁に盛り上がった作蔵の顔を見て、痛みよりも恐怖が勝ったようだ。「化け物っ」と悲鳴をあげると、米つき虫みたいに飛び上がって、逃げだそうとした。

「捕まえて、お父っつぁん！」

「合点《がってん》だ！」

　今度は壁から足が出た。泡を食って駆けだした辰次の脛《すね》を、したたかに蹴飛ばす。たまらず転倒した男の襟首《えりくび》を、またも伸びた腕がむんずと捕らえた。

「どうする、茂吉さん？」

　腰を抜かして蒟蒻《こんにゃく》みたいに震えている辰次の前に立って、るいは傍らの幽霊に話しかけた。「言いたいことがあるんだろ。言ってやりなよ」

　辰次を睨みつけ、茂吉は唇を噛んでいる。寸の間おいて、ぼそりと言った。

「お縞《しま》の……てめえの女房の病は、治ったのか？」

　えっとるいは茂吉を見つめる。

「伝えてくれ」

「あ、うん。——ねえ、あんた。お縞さんの病気は治ったのかって、茂吉さんが訊いてるよ」

　辰次の身体の震えが止まった。座りこんだまま、啞然《あぜん》としてるいを見上げた。

「……お縞は、今、療養所にいる。……医師の見立てじゃ、もうじきよくなるそうだ。薬の……薬が効いた、おかげでっ」

ふいに言葉を詰まらせると、辰次は地面を指で掻くようにして座り直した。

「茂吉……！　いるのか、本当にそこにいるのか？　茂吉！」

「こいつの女房は、昨年に重い病を患《わずら》って、もう助からねえって言われたんだ。治すにゃ、薬が必要だった。ところがその薬が、目ン玉が飛び出るような高価なシロモノでよ」

だからこいつは、金が必要だった。辰次を凝視して、茂吉は呻《うめ》くように言う。

「そのこと、この人から聞いていたの？」

「ああ。けど俺は、こいつの頼みを突っぱねた。女房のことは気の毒だが、蓄えの半分を使っちまったら、店を持つのにまたあとどれだけかかるかわかりゃしねえ。頭ン中にはそのことしかなくてよ。鼻先にぶらさがった自分の店ってぇ夢に目が眩んで、俺ぁ他のことは見えなくなっちまってた」

「すまねえ！　すまねえ、茂吉！　俺はあん時、どうかしてたんだ。薬さえ……薬さえありゃ、お縞は助かる。薬を買う金さえありゃ……そう思ったらもう、居ても立ってもいられなくなって……あん時、おまえを……！」

すまねえ許してくれと、辰次は地面に額をこすりつけた。

「俺を殺したこいつを憎いと思った。けど、そう思うたびに、じゃあてめえはどうなんだって声が、自分の中から聞こえるんだ。情けねえ、幼なじみで気があって兄弟みてえにずっと一緒にやってきた男の頼みに、なんでてめえは耳を貸してもやらなかったんだってな。——なぁ、るいさん」

茂吉は辰次から目を逸らし、るいを見た。憤怒《ふんぬ》の表情は消えて、窶《やつ》れて悲しげな中年男の顔がそこにあった。

「あんたが最初に言ったとおりさ。俺は中途半端の宙ぶらりんだった。辰次を心底恨むこともできねえで、だけどすっかり諦めちまうには夢の名残《なごり》が重たくってな。迷って迷って、どこにも行けねえで、あの橋にしがみついているしかなかった」

うん、とるいはうなずく。

堀端の石段で茂吉から話を聞いた時、何かおかしいなと思ったのだ。この人が成仏できない理由は、恨みとは少し違うんじゃないかと。

(だって茂吉さんは、自分からは一度も、辰次を恨んでいるって言わなかったもの)

——いつも喧嘩をしていた。摑み合いも日常茶飯事《さはんじ》で。屋台の客もそれを見て「またはじまった」と笑っていた。

そんなのまるで、仲が良かったって自慢みたいな台詞《せりふ》だ。いつも喧嘩をしていたなんて、いつも一緒にいなきゃできないことだから。

茂吉茂吉と、辰次は血を吐くように繰り返す。

「俺を恨んでいるだろう。恨まれて当然だ。あれから何度も、おまえの夢を見た。おまえが枕元に立って、青い顔でじっと俺を睨んでるんだ。そのたびに俺ぁ、てめえが人殺しだってことを思い知らされた」

「馬鹿。そりゃ俺じゃねえ」茂吉は苦笑した。「てめえが勝手に見た幻《まぼろし》だ」

「――それは自分じゃない、幻だって言ってるけど」

るいが伝えると、辰次は俯いたままで首を振った。

「俺が、殺した。俺がおまえを殺したんだ。俺は、自分の半分をてめえで殺したみてえなもんだ。……だけど、だけどなぁ、茂吉」

手元の土を握りしめて、辰次は顔をあげる。

「それでも、俺は番屋には行かねえ。お上にすべてを白状するくらいなら、今ここでおまえに殺されたほうがマシだ」

わかったと茂吉は呟いた。もういい、と。

「端《はな》から、おめえを役人に突き出すつもりはねえよ」

茂吉は辰次の目の前に腰を落とした。かすかな気配でも感じたのか、辰次はハッとしたようにあたりを見回した。

「茂吉……？」

「お縞は何も知らねえんだろ。おめえが捕まってその理由《わけ》を知ったら、お縞は嘆くだろうよ。これから治るはずの病も治るどころか、お縞はもう生きちゃいられめえ」

「それも伝える？」

るいが訊ねると、茂吉は「いや」と頭を振った。

「こいつにゃ、こう言ってくれ」

――俺のことは、誰にも何も言うんじゃねえ。話ならあの世でもういっぺん、おまえと顔を会わせた時に聞いてやる。それまでは女房を大切にして、せいぜい長生きしろよ。

「俺は多分、辰次に会って確かめたかったんだ」

寺院の裏道を出て、大川を左手に見て歩きだしたところで、茂吉は言った。

「何を？」

「俺はあいつを、大事なダチだと思っていた。駕籠《かご》かきの相棒みてえにな。けど、あいつのほうはどうだったのか。――俺を殺してあいつは平気だったのか。ひょっとして、知らん顔して俺のことも忘れて、何もなかったみたいに暮らしているんじゃねえのか。だとしたら、俺が知ってる辰次って男は何だったんだってな。それがずっともやもやして、頭から離れなかった」

「もし辰次……さんが自分のしたことを後悔してなかったら、どうするつもりだったの？」

茂吉は寸の間押し黙り、小さく笑みを見せた。

「いや。……そんなわけはなかったな。俺がひねくれちまってただけだった」

ふとその声が遠くなった気がして、るいは足を止めた。

「茂吉さん？」

茂吉は怪訝そうにあたりを見回している。と、その目が一点をとらえて見開かれた。

ああ、と声を漏らした。

「なんだ。……あっちか。ああ、よく見える。まるで霧が晴れたみてえだ」

足を踏み出したのは、大川の方角だ。二、三歩歩いて振り向き、茂吉は笑った。

「やっと向こうへ行けそうだ。ありがとうよ。世話になったな。……そちらさんも」

るいと作蔵に深々と頭をさげると、茂吉は今度こそしっかりとした足取りで、川に向かって歩き出した。やがてその姿が明るい陽射《ひざ》しに薄れて消えるのを見届けて、るいはほうと息を吐いた。

「成仏したみてえだな」傍らの壁から、作蔵の声がした。

うんとうなずき、るいはたった今来たばかりの道を振り返る。

「なんだ。どうした？」

「うん。……辰次さんは、これからどうするのかな」

「どうもこうもねえ。てめえのやったことは、てめえで背負っていくしかねえんだ」

最後に見た時、辰次は小さく小さく地面に蹲《うずくま》っていた。声も出さずに、泣いていた。

あの人はこの先、死ぬまで重ったい荷物を背負って生きていくんだろう。るいは思う。

茂吉さんが許しても、お上の裁きはなくても、自分が自分のしたことを知っている。

それが、辰次に与えられた罰なのだ。

るいはまた前を見て、歩きはじめた。

「……でも今の言葉は、お父っつぁんが言うと説得力がないわね」

「なんだと、こら」

憎まれ口を叩きやがってと、作蔵はたちまちむきになる。「おめえ、俺がいなかったらさっきはどうなってたと思ってんだ。おめえが力を貸してくれって泣きつくから、こうしてわざわざ出張《でば》ってきてやったのによ」

「泣きついてなんかいないわよ。そっちこそ、これで寺から出られるって、昨日は大喜びしてたくせに」

「けっ。可愛い娘のために一肌脱いでやった親心に、礼のひとつも言えねえたぁ情けねえ」

「はいはい。どうもありがとう」

海月和尚がこの場にいれば、仲の良い父娘《おやこ》だとまた笑ったことだろう。

チリン。

るいは（あれ？）と首をかしげてあたりを見回し、塀を見上げた。

塀越しにのぞく松の一枝。そこにちんまり座っていた一匹の猫と、目があった。

鈴の音と、その毛色におぼえがある。いつぞやの三毛猫だ。

「おまえ、どうしてこんなところにいるの？」

声をかけると猫は笑うように金色の目を細め、するりと身をひるがえして塀のあちら側に姿を消した。

(……まるであたしたちを、ずっと見ていたみたい)

ふとそんなことを思ってから、まさかねとるいは首を振る。

「行きましょ、お父っつぁん」

行き先は九十九字屋だ。

(約束を守ってもらわなくっちゃね)

遅い春の青い空を見上げて、るいは晴れやかに笑った。

第二話　鶯《うぐいす》笛《ぶえ》

一

妖怪のことを『ももんじい』という。百々爺と書く。

どうやら九十九字屋の名の由来は、そのあたりにあるらしい。

「うちでは妖怪にかかわる事件も扱うからな。それに九十九は付喪神《つくもがみ》にも通じる。百々爺から一を引いて、九十九字。『不思議』を売り買いするこの店にぴったり合った名だ」

『爺』を『字』に置き換えるのはいいとして、なぜそこで一を引くのか、るいには今ひとつわからない。

「だったら、百々爺屋でいいじゃないですか」

そう言ってみたら、店主の冬吾はたちまち嫌な顔をした。

「ももんじい屋では、けだものを食わせる店と間違われるだろう」

当時、人々に肉食の習慣はなかった——とされているが、実際には薬食いと称して猪や鹿、狸や兎といった獣肉を売ったり料理したりする店は、江戸に何軒かあった。それらの店を、『ももんじい屋』もしくは『ももんじ屋』と呼んでいたのである。こちらも、もとをただせば百々爺に由来する。おおっぴらに獣肉を売っているとは言えないので、「これは獣の肉にあらず、毛深い化け物である」と言い張っていたわけだ。獣は駄目で、化け物ならいいというのも、考えてみればおかしなことだが。

「ああ、そうですね」

九十九だろうが百だろうが、百とひとつだろうが、るいにしてみればどうでもいいことに違いない。

ともあれるいは、この九十九字屋で働くことになった。もちろん、父親の『ぬりかべ』作蔵も一緒である。

るいが約束を果たして店に出向いた、その日。茂吉が成仏した経緯を、冬吾はまるで端《はな》から知っていたような仏頂面で聞いてから、「まあ、よかろう」と言ったものだ。

「雇ってやるが、使えないとわかればすぐに暇を出すからな」

相変わらず横柄な態度だと思いながらも、るいは座敷の畳に指をついて「ありがとうございます。今日から精一杯勤めさせていただきます」と、丁重に挨拶した。

「それで、旦那様」

顔をあげて言葉をつづけようとしたとたん、冬吾は手を振って遮った。

「冬吾様にしろ。大店の主人ではあるまいし、その呼び方は好きではない」

「はあ。――では、冬吾様」

るいは自分の背中のほうにある壁を指で示して、

「こちらが『ぬりかべ』のお父っつぁんです」

「おう、よろしくな」壁が愛想良く言った。

「これが、ぬりかべ……。いや、ぬりかべというのはこういうモノなのか？」

壁の表面に盛り上がった作蔵の顔をしげしげと見て、冬吾は怪訝そうな声を出す。

「え、ぬりかべってこういうモノじゃないんですか？」

「それがわからないから、訊いているんだ」

「お父っつぁん。お父っつぁんはぬりかべなの？　違うの？」

「はあぁ？　俺が知るかよ、そんなこと」

「自分のことなのに知らないの!?」

「おうおう、おめえは自分の頭の後ろが見えるのかよ。てめえのことだって、わからねえもんはわかんねえんだよ。だいたいな、俺の名は作蔵だ。かべかべ言ってないで、ちゃんと名を呼びやがれ」

結局、『正しいぬりかべ』とは何ぞやと問うたところで答えられる者がいるわけはなく、皆で「まあ、どうでもいいか」という結論に至った。作蔵が『ぬりかべ』で、誰が困るわけでなし。

「それで、これ……いや、作蔵さんは壁があればどこへでも行けるものなのか？」

「知らない場所には行けねえよ。るいと一緒じゃなきゃな」作蔵が言う。

「たいていはあたしが近くにいないと、お父っつぁんは出てくることはできません。うんとよく知っているところなら、一人でも顔を出せるかもしれないけれど」

あとは海月和尚の寺にいた時のように、作蔵のことをちゃんと知っている人間の前になら出現することもあるようだ。

「近くというと、どれほどの距離だ？」

「そうですね。多分、頑張って町内くらいでしょうか」

料理屋にいた頃、るいと喧嘩をした作蔵が三日ばかり姿をくらませたことがある。あとで聞くと八幡様の境内の壁にいたという。門前町にある店から富岡八幡宮のその場所までの距離を考えて、まあそれくらいだろうとるいは思った。

「何も食べないというのは本当か？」

興味は尽きないという様子の冬吾に、るいは胸の内で大きなため息をついた。

「食べません。酒は飲みますが、酔っぱらうので飲ませないでください」

なんだとこら、酒ってのは酔うためにあるもんだ、酒を飲んで酔っぱらって何が悪い……と抗議する作蔵は無視して、るいは背筋を伸ばして座り直した。

「あのですね、冬吾様」

「何だ」

「それであたしは、この店でまず何をすればよろしいのでしょうか？」

冬吾は眼鏡の奥で目を瞬かせてから、「あぁ」と気のない返事をした。

「適当に思いついたことをやっていろ」

「は？」

「あやかし絡みの事件など、そう立てつづけに起こるものではないからな。客は、来る時には来るし、来ない時にはひと月ばかりも誰も店にやって来ないこともある。店番だけでは、退屈で身がもたんぞ」

「はあ」

ところで店の家屋は、一階が客のための座敷で、二階が店主である冬吾の住居になっている。自分はどこで寝起きすればいいかと訊くと、当面は筧屋から店に通ってくるように言われた。筧屋は冬吾が主を兼ねている旅籠だが、六間堀を挟んで店からも近いし、一度るいが泊めてもらった部屋をそのまま使わせてくれるというから助かる。旅籠の賄いがあるから、三度の食事のために自分で飯を炊く必要もない。

(問題は、お父っつぁんのことだけど)

旅籠の客と使用人が作蔵を見たらまた騒ぎになると案じたるいだが、これもすぐに解決した。

店の裏には、商品である『不思議』な品々を入れておく蔵があった。「こいつはいい壁だ」と作蔵は一目で蔵が気に入ったらしく、ここを自分の居場所にすると言い出した。

「がっしりしてて、しかも丁寧《ていねい》に塗ってある。壁ってなぁ、こうでなくちゃな。こいつを仕上げた職人の心意気を感じるぜ」

「好きにしろ。あやかしの憑いた蔵なら、盗人《ぬすっと》も入らないだろう」

「前にも言いましたけど、お父っつぁんは鼠除けにもなりますから」

作蔵の落ち着き先はそれで決まった。用事のない時はそうやって蔵の壁にいてくれるのなら、旅籠の客を驚かせる心配もないというわけだ。

（あ、そうだ）

細々《こまごま》したことを確認したあと、るいは前日の提灯の一件を思い出した。

（お礼を言わないと）

「冬吾様。昨夜はどうも、あ――」

全部言い終わる前に、冬吾は「昨夜？」と素っ気なく聞き返してきた。

「はい、提灯を貸していただいたので、無事に帰ることができ――」

「あの提灯か。あれは店の客用だ。返すなら、さっさと返せ」

「は、はい。自分の荷物と一緒に持って来ました。それであの――おかげさまで助かりました。本当にあり」

「土間の棚に置いておけ」

冬吾は面倒くさげに言い捨てて、立ち上がった。そのまま二階にあがろうとしたのを睨んで、るいは声を張りあげた。

「どうもありがとうございましたっ！」

冬吾は呆れたように振り返った。

「怒鳴りながら言うことか？」

「だったら、せめて最後まで聞いてください！」

返ってきたのは、「ふん」と盛大に鼻を鳴らす音だった。

二階に姿を消した店主を見送って、るいはため息とともに言葉を漏らした。

「……前途多難だわ」

二

るいの一日は、旅籠の女中部屋で目をさますところから始まる。女中部屋といっても、もとは布団や座布団をしまっていた空き部屋で、小さな三畳間であるが一人で使わせてもらえるのだから、るいにとってはむしろ贅沢だ。以前に働いていた店では、同じ広さの部屋に奉公人が二、三人で枕を並べていたものである。

旅籠で賄《まかな》いの朝飯を食べ、堀を渡って店に向かう。裏口から中に入って、表の戸を開ける。るいが初めて店に来た時には戸は閉まったままだったが、それはたんに店主がものぐさなだけだったらしい。それから店の中を掃除する。そのうち冬吾が起きてきて、ぷらりと外に出ていってしまう。旅籠で飯を食べるついでに散歩でもしているのか、そのまま一刻ばかり戻って来ないこともある。昼飯も旅籠で取り、午後は思いついた雑用をこなして、夕刻に店を出る。旅籠の使用人と一緒に夕飯を食べて、その後台所仕事を手伝ったり、湯屋に行ったり、そうこうしているうちに一日が終わって床につく。

冬吾は外に行っているのでなければ、たいてい二階か蔵にこもっているので、るいと言葉を交わすことは少ない。作蔵は声をかければ顔を出すが、蔵の壁にいることに満足しているようだった。

そんな生活が始まって十日が過ぎ、季節が移ろった卯月《うづき》のある日。

九十九字屋に客がやって来た。

客は津田屋吉右衛門《つだやきちえもん》と名乗った。本所は小泉町《こいずみちょう》にある金物問屋の主人だという。

年齢は四十半ば、大店の主にふさわしく上質な身なりをしているが、顔色が悪く落ち着かなげに目が泳いでいる。何かに怯えているのがわかった。

るいが座敷に茶を運んで行くと、吉右衛門はちょうど、持ってきた小さな包みを冬吾の前に置いたところだった。

「――こちらのことは、波田屋《はたや》さんからお聞きしました。九十九字屋さんに解決してもらうのがよろしかろうと」

「ああ、波田屋さんはうちのお得意様ですからね。いわくつきの品を集めるのがご趣味のようで、蔵の物を時々買い取っていただいております」客と相対して、冬吾はうなずいた。「失礼ですが、波田屋さんとはどのようなご関係ですか？」

「俳句の会で御主人の甚兵衛《じんべえ》さんと知り合いました。店に寄らせていただいた折に、収集された品を幾つか見せてもらったことがありまして。それで……此度《こたび》のことも、まずは波田屋さんに相談を持ち込んだのです」

「ほう、ではこれもいわくつきの品ということになりますか」

吉右衛門の目がまた落ち着かなく動いた。小刻みにうなずいて、「津田屋に禍《わざわい》をもたらす物でございます」と言った。

「拝見させてもらいますよ」

冬吾は無造作に包みを開いた。

客人に茶を出しながら、るいも思わずその手元に目を凝らす。そうしてすぐに、首をかしげた。

大袈裟《おおげさ》なほど何枚も重ねた布の中から出てきたのは、小さな笛であった。楽器ではなく、口にくわえてピィピィと吹き鳴らす子供の玩具《おもちゃ》である。竹を細工したもので、長さも太さも大人の指ほど、先のほうにやはり竹でつくった小鳥の飾りがついている。

（鶯笛だわ）

行商人が道端で売っているような物だから、いかにも安っぽい。いわくつきというから、どれほどだいそうなシロモノかと思ったけど、こんな玩具の笛がどうやって禍を引き起こすっていうのかしら。

「おい」

「あ、失礼しました」

冬吾に眼鏡の奥からじろりと見られて、るいは慌てて盆を持って立ち上がった。

「話を聞くなら、邪魔にならないようそちらに座って聞いていろ」

「いいんですか？」

「かまわん」

そそくさと、るいは他の二人から少し離れて腰を下ろした。実は話の先を知りたくて、うずうずしていたのだ。

吉右衛門はるいがいることを気にかける余裕もないようで、せかせかと身を乗り出して話しはじめた。

「この笛が鳴ると、店に凶事が起こるのです」

「鳴る？」

「はい。誰も吹いていないのに、笛が勝手に音をたてるのです。初めのうちは気味が悪いとしか思っておりませんでしたが、そのうちこれはたいそう怖《おそ》ろしいことなのだと気がつきました」

吉右衛門が最初に笛の音を聞いたのは、昨年の年が明けてすぐのことだった。店の奥の座敷にいた時、ピィーと甲高い音がはっきりと聞こえた。おやと思ったのは、それが座敷の近く、つまり家の中のどこかで鳴ったような気がしたからだ。

「おかしな話です。うちの店にはこんな笛で遊ぶような小さな子供はおりません」

吉右衛門と妻の勝《かつ》の間には、二十歳になる息子が一人いるだけだ。

「その四日後のことです。前日まで元気だった先代――隠居であった父の惣五郎《そうごろう》が突然倒れ、手当てのかいもなくそのまま息を引き取りました」

しかしその時点ではまだ、自分が耳にした音と先代の急逝を結びつけて考えてはいなかったと、吉右衛門は言った。

これはもしやと思ったのは、昨年のちょうど今頃、二度目に笛が鳴った時だ。吉右衛門が店で客の相手をしていると、ピィーと高い音がどこからかまた響いた。彼だけでなく、奉公人たちもその音を聞いたので、皆で音の出所を探し、納戸の片隅に転がっていたこの鶯笛を見つけたのだという。

息子の栄太郎《えいたろう》が出先で事故にあったのは、その夜のことだ。幸い命に別状はなかったが、足を痛めて一ヶ月ほど養生しなければならなかった。

三度目には、笛の音を聞いた翌日に奉公人たちが相次いで寝込んだ。暑い夏の日のことで、皆がひどい吐き気と腹痛を訴えたところをみると、食中毒を起こしたと思われる。あわや死人が出るかという騒ぎで、津田屋は数日、店を閉めねばならなかった。不思議なことにその時は、笛は庭の灯籠《とうろう》の下に落ちていたらしい。

凶事は四度、五度とつづいた。店先に積んだ荷が崩れ、怪我人が出た。津田屋で親戚の集まりがあった時、吉右衛門の姪《めい》が連れて来た幼子《おさなご》が店の井戸に落ちた。幸いすぐに助け出したから大事には至らなかったものの、あのまま誰も気がつかなかったら……と、吉右衛門は声を震わせた。

いずれの時も、直前に笛の音が聞こえた。

「そして先日――また、この笛が鳴ったのです」

そう言って吉右衛門は、たまらぬようにぎゅっと肩をすぼませた。

「先日というと」冬吾は訊ねる。

「三日前です。まだこれといったことは起こっていませんが、家内などはもうすっかり取り乱しておりまして。凶事が起こる前に、すぐにもこの笛を捨ててくるか火にくべるかしてくれと、顔を見れば泣きわめく始末です」

しかしそんなことをすれば、もっと大きな障《さわ》りがあるかもしれない。それを思えば怖ろしくて、捨てることも燃やすこともできないのだと吉右衛門は言った。

「実は一度、この笛を寺に持っていったことがございます。住職に事情を話し、納めてまいりました」

店で食中毒が出た、三度目の凶事の後のことだ。

「けれども」津田屋の主人は目の前の笛から目を背けたまま、声を絞った。「これは戻ってまいりました。寺に納めた数日後、奉公人が店の土蔵の裏にこれが落ちているのを見つけました。その時には音は鳴りませんでしたが……、津田屋がその後も禍に見舞われたのは、お話ししたとおりです」

店の者には笛のことを他所で話してはならないと、口止めしてあるという。裏を返せば奉公人たちは皆、津田屋に起こっていることを知っているわけで、長年勤めていた者がもう何人も怖がって店を辞めてしまったという。

「するとご用件は、この笛をうちでどうにかしろということですか」

冬吾は平然と鶯笛を手に取ると、矯《た》めつ眇《すが》めつした。今にも口にあてて吹き鳴らしそうな素振りに、吉右衛門はぎょっと色を失う。が、冬吾はすぐに興味を失ったように、それを布の上に戻した。

「津田屋は何か忌《い》まわしい、怖ろしい魔《ま》に憑かれているのです。これ以上死人や怪我人が出たら、うちの店は潰《つぶ》れてしまいます。どうか次の凶事が起こる前に、その笛が二度と私どもに禍をもたらすことがないよう、何とか手を打ってはいただけませんでしょうか。どうか、お願いいたします」

吉右衛門は畳に手をつき、頭を下げた。お願いしますと、切羽詰まった声で繰り返す。

確かに怖くて、不思議な話だとるいは思った。

（でも……）

盆を胸に抱えて座ったまま、もう一度じっくりと、笛に目を凝らした。あらためて見ると、端から安物なのが、いっそうみすぼらしく古ぼけている。小鳥の飾りなどもとは綺麗に塗られていたのが、色がはげてしまっていた。

吉右衛門の話を聞いた後でも、るいにはやっぱりそれが、そんなに怖ろしい物には見えなかった。

「まあまあ、顔をおあげください」冬吾は肩をすくめた。「何とかできるものなら、何とかしますがね。しばらく時間をいただきますよ。今すぐどうこうというのは、無理な話なので」

「しばらく……しばらくとは、如何《いか》ほどでしょうか」

吉右衛門は顔をあげると、縋るように言った。

「ぐずぐずしていては明日にも……いえ、今晩にも津田屋は不幸に見舞われるやもしれません。どうにかそれを防ぐ手だてはございませんでしょうか」

「ありません」冬吾はにべもなかった。「笛はもう鳴ってしまった。ならば凶事は必ず起きます。手だてというならば、あなた方は起こりうることに備えて被害を最小限に食い止める手だてを考えるべきでしょう」

「そんな……」

吉右衛門は肩を落とした。どうして、と呻く。

「どうしてうちの店がこんな目に……」

「お心当たりはありませんか？　たとえば、津田屋さんが誰かの恨みを買ったということは」

「と、とんでもない」吉右衛門は首を振る。「うちはまっとうな商いをさせていただいております。他人様に恨まれるようなことなど、けして」

「物事には必ず因果があります。原因があり、結果があるということです。あやかしの中にはたまたま通りすがりに、そこにいた人間に見境なく災厄をもたらすモノも、いるにはいます。しかし、この件はそういう通り魔のたぐいではないでしょう。ずいぶんと津田屋に執着している誰か、あるいは何かがいるようだ」

「そのようなことがおわかりになるのですか？」

「事の始まりが昨年の年明けで、凶事が今もつづいているのなら、それはもう通りすがりとは言いませんから」冬吾は素っ気なく言った。「どっぷり居座っていますよ。つまり居座る理由があるということだ」

吉右衛門の目が、また泳いだ。

「……ではやはり……私どもは恨まれているのでしょうか」

冬吾は束《つか》の間《ま》考え込むようにしてから、笛に目をやった。

「これは誰が持っていた物ですか？」

「え？」

「この笛の持ち主をご存じでしょう。お話だと、あなたは最初から聞こえたのが笛の音だとわかってらしたようだ。つまり、聞き覚えのある音だったということです」

「それは……こんな子供が持っているような笛なら、誰でも音を聞いたことくらいはありますでしょう」

「なるほど、そうですねえ」冬吾はあっさりうなずいて見せてから、言った。

「事情をすべてご説明いただかないと、こちらは何もできませんよ。心当たりがあるなら、仰ってください。凶事の正体がわからないかぎり、解決のしようもありません」

吉右衛門は額の冷や汗を拭《ぬぐ》う仕草をした。重い口を無理矢理こじ開けるように、

「……これは松吉《まつきち》の笛です。よく吹き鳴らして、遊んでおりました」

「松吉？」

「うちで働いていたお房《ふさ》という女中の子です。お房はうちに奉公に来てから十年以上もよく勤めてくれたのですが、身体を悪くしまして、本人が女中働きはもう無理だと申しましたので、こちらもやむなく暇を出しました。松吉はお房が店を辞めてから生まれた子供です」

長い間店にいた奉公人であるから、津田屋としてもできるだけのことはお房にしてやった。後々も生活していけるだけの金を渡したし、医師や住むところの世話もした。おかげでお房の身体はすぐに快復し、内職仕事をしながら親子で不自由なく暮らしていたと、吉右衛門は言う。

「ところが松吉が五つの年に、お房が今度は流行病で亡くなりましてね。他に身寄りがないというので、うちで松吉を引き取りました」

働ける年齢になるまで津田屋で松吉の面倒をみて、それからあらためて丁稚《でっち》として店に入れてもいいし、他の店で奉公できるよう世話してやってもいい――ということだったようだ。

「松吉の父親はどうしたんです?」

冬吾が訊くと、吉右衛門は首を振った。

「父親のことは私には……。何か事情があったのでしょうが、お房は誰にも打ち明けなかったようです。ともかく、松吉に父親はおりません」

それでこの笛は——目の前の鶯笛をちらと見て、吉右衛門はすぐに顔を背けた。

「おそらくお房が買い与えた物でしょう。うちに来た時、松吉はこれをしっかりと握りしめておりました」

その松吉は、津田屋に引き取られた後にどうなったのか。

あまり聞きたい話ではなさそうだ。茶を出したらさっさとこの場から引き下がればよかったと、るいは今になって後悔した。

うちの店にはこんな笛で遊ぶような小さな子供はいないと、吉右衛門は言っていた。松吉のことに触れたくないのは、その様子や口振りからもありありとわかった。

果たして、津田屋の主人は言った。

「松吉は一昨年《おととし》に死にました。秋の終わり頃のことでございます。風邪をひいて熱を出したと思ったら、あれよあれよという間に悪くなって……」

たった一日のうちに呆気なく息を引き取ったという。その時、松吉は六歳。津田屋に来てまだ一年と半年しか経っていなかった。

「仰るとおり、初めてこの笛の音を聞いた時、私は真っ先に松吉のことを思い浮かべました。ああ、松吉がまた笛を吹いている……そう思ってから、そんなはずはない松吉はもう死んだのだからと、背筋がぞっとしたのでございます」

「そうすると、普通に考えればその子供があなた方を恨んで店に凶事をもたらしているということになりますがねえ」

冬吾は腕を組むと、眼鏡の奥で目を細めた。

まさかと、吉右衛門は激しく首を振った。

「まだ六歳の幼子だったのですよ。そんな子供が、誰かを恨むなどと。それに……それに、津田屋は孤児になった松吉を引き取って面倒をみてやったのです。感謝されこそすれ、恨まれる筋合いはありません」

その後も、一刻も早く何とかしてほしい、頼む頼むとさんざん泣きついて、津田屋の主人は帰っていった。

問題の笛は、とりあえず九十九字屋で預かることになった。

「……あのぅ、冬吾様。ちょっとお訊ねしてよろしいでしょうか」

客が帰った後、さて掃除のつづきをしようかと襷《たすき》をかけたるいだったが、座敷に残っていた冬吾がなぜか眼鏡を外してしげしげと鶯笛を眺めているのを見て、声をかけた。

「何だ」

「冬吾様は遠目ですか、近目ですか？」

「どちらでもない」

冬吾は呆れたようにるいを見た。やたら整った顔を不機嫌にしかめる。

「今、質問することがそれか？」

だって気になるんですもの。

るいがこくりとうなずいたので、冬吾はため息をついた。

「眼鏡をしていないと、よけいな輩《やから》が見えすぎる」

「よけいな輩？」

「あやかしだ。鬱陶《うっとう》しくてかなわん。他にも、場所によっては目の前の物が歪んだり、霞んで見えなかったりすることがある。子供の頃はそれでよくひどい目にあった。——

おまえは幽霊が見えるのに、よく平気だな？」

「平気ってわけじゃありませんけど……」

るいにとっては、概《おおむ》ねどうでもいいことである。

(見える人だってのはわかっていたけど)

目の前の物が歪むくらいあやかしが見えるとは、どれほどのものだろう。ずいぶん難儀だろうなとはるいも思う。

「眼鏡の玉を通せば、風景も他人の顔も普通に見える。よけいな情報は遮断されて、用もないあやかしに煩《わずら》わされることもない」

すごい、とるいは感嘆した。

「眼鏡にそんな効用があるなんて。さすがに舶来品は違いますね」

「すごいのは眼鏡でも舶来品でもない。私の目のつくりがそうなっているんだ」

そんなことまで威張らなくても。

「じゃあ、今そうやって眼鏡を外しているのは——」

「この笛が禍を引き起こす理由を、見る必要があるからだ」

それで、とるいは身を乗り出した。

「何か見えましたか?」

「何も見えない」

あっさりと言って、冬吾は眼鏡の紐《ひも》を耳にかけた。

「これは何の変哲もない、ただの笛だ」

なんだと素直にがっかりするるいを見て、冬吾は鼻を鳴らした。

「おまえはどうなんだ?」

「え、あたしですか」

「これがおかしな物に見えるか?」

見えない。端からるいには古ぼけた玩具の笛にしか見えなかった。

「でもこの笛のせいで、津田屋さんが大変な目にあっているんだから、やっぱり何かあるんじゃないですか」

「元凶はこの笛じゃない。津田屋に執念深く憑いていて、この笛を鳴らしている何者かだ。……津田屋は松吉の仕業《しわざ》だと考えているようだがな」

え、とるいは目を瞠《みは》った。

「だけど松吉って子は、おっ母さんを亡くして一人ぼっちになったところを津田屋さんに引き取られたんでしょう？　津田屋の御主人の言うとおり、恨む理由なんてないと思いますけど」

「津田屋は松吉のことを隠そうとした。話さずにすむものなら、松吉の話はしたくはなかったのだろう。そうでなければ、こちらが訊ねる前に笛の持ち主のこともさっさと説明していたはずだ」

「それは……」

確かに、吉右衛門は笛の持ち主を訊かれて、とっさに誤魔化《ごまか》そうとしたように見えた。松吉の話になっても、ひどく歯切れ悪く言いにくそうなのは、るいの目にもわかったくらいだ。

「怖れているからだ」

「え？」

「心の何処《どこ》かで、凶事の原因は松吉だと思っている。だから怖い。その名前を口にしたくない。——無意識のうちにそういう心の働きかけが、津田屋の中にはあるんだろう。松吉のはずはないと、あれだけ強く否定して見せたのも、その怖れの裏返しのようなものだ」

「……でも」

思わず言いかけて、るいは口ごもる。

「何だ」

「あたしも……六歳の子供が誰かを恨んで、死んだ後も祟《たた》っているなんて思いたくありません」

「子供だろうが赤児だろうが、未練があれば亡霊になる。むしろ子供のほうが世の中の道理をわかっていないぶん、厄介だ」

「知っています」

るいだって、子供の霊は何度も見ている。あれは苦手だ。大人の幽霊なら無視もできるけど、小さな子供だとつい気にかかってしまう。――どうしてこんなところにいるの。あんたの親はどうしたの。可哀想にと思ってしまうから、嫌だ。

冬吾は寸の間るいを見つめると、そっと息をついた。

「まあ、何がなんでも元凶が松吉だと決めつけたものではない」

正体は他のあやかしかもしれないし、あやかしですらない可能性もあると、冬吾は言った。

「あやかしじゃないかもしれないって、どういうことですか？」

「怪異に見せかけて津田屋を窮地に追い込もうとしている、生きた人間の仕業かもしれないということだ。大店になれば、恨まれる筋合いはなくとも敵は多いだろう」

「ああ、なるほど」

確かめてみるかと呟いて、冬吾は笛をもう一度布でくるむと、立ち上がった。それを無造作に土間の棚に置いて、「おい」とるいに顎をしゃくった。

「おまえは今晩、店に泊まれ」

「えぇ？」

「代わりに今夜は私が筧屋で寝る」

「代わりって何ですか。どうして……」

「何のためにこの笛をうちで預かったと思っているんだ。津田屋はこれを一度寺に納めたと言っていた。ところがすぐにこれは店に戻ってきたと。——つまり、笛を取り戻しに来る誰か、もしくは何かがいる。それが今回の凶事の正体だ」

「あ、そうですね……って、ちょっと待ってください。それじゃ、その誰かだか何かだかが、ここにも来るってことでは」

「そうだ」

「それを、あたし一人でどうにかしろって言うんですか⁉」

「どうにかしろとは言っていない。正体を見るだけでいい」

そんな、とるいは情けない声をあげた。

「なんであたしなんですか。わざわざ筧屋に行かなくたって、冬吾様がここにいればいいじゃないですか」

「私は、夜は誰にも邪魔されずにゆっくり眠りたい」

「はあぁ？」

それにと、冬吾は表情も変えずに言った。

「外聞が悪いだろう。男が一人でいる店におまえが泊まったら、他人に何を疑われるか知れたものではないぞ」

るいはぽかんと口を開け、すぐに真っ赤になった。

「そ、それじゃまるで、あたしへの配慮みたいに聞こえますけどっ？」

「その通りだ。ありがたく思え」

思えるか。るいがここで夜を過ごさなければいいだけの話である。

「安心しろ。座敷に危険なモノや悪いモノを寄せつけないための護《まも》りを施しておく。座敷から出ないかぎり、相手にはおまえの姿は見えない」

「……あの。相手が人間だったら、それは役に立たないのではないでしょうか」

「その時にはおまえの父親がいるだろう」

「う……」

それはそうだと納得してしまったところで、るいにはもう抗弁のすべはない。

ひとつだけ、はっきりとわかったことがあった。

(こんな人が主人じゃ、そりゃ今まで奉公人が長く居着かなかったわけだわ)

夕刻、戸締まりをすると冬吾はるいを一人残して店を出た。

路地を歩きだしてほどなく、チリンと鈴の音が追ってきた。女の声がひそやかに、背中から聞こえた。

「人使いが荒いねえ。あの娘、ずいぶんとむくれていたよ」

「これも仕事のうちだ」冬吾は振り向きもせずに応じる。「私よりあの娘が相手をしたほうが客が喜ぶと言ったのは、そっちだぞ」

声が小さく笑う。

「おやおや。来るのは客じゃないだろう？」

冬吾はむっとしたように口元を曲げた。

「私は子供には好かれない質なんでね」

「やっぱり子供なんだね」

おそらくと、冬吾は応じる。

「何であれ寺に入り込むことができるのなら、逆にそれほど悪いモノではないだろう。だが万が一ということもあるから、今晩は店をよく見張っていろ。何かまずいことが起こったらすぐに報《しら》せてくれ」

「あいあい」

気配を消す寸前、女の声はため息まじりになった。

「あんたはさ、優しさとか気遣いってものの方向が見当違いなんだよ」

三

るいは夢を見ていた。

女が一人、目の前に座って繕《つくろ》い物をしている。どこかの長屋のようだ。部屋の中は薄暗い。日当たりがよくないせいだろう。

痩せて窶れた様子なのは、内職仕事で疲れているからか。それでも少しほつれた女の髪は、まだ若々しく黒かった。

ふと、女は手にした布を下に置いて、こちらを見た。微笑《ほほえ》んで、おいでと手招きする。

そばに寄ると、女は自分の両手を貝のようにふっくら重ねて、るいの前に出した。その手をそっと開くと、掌《てのひら》にのっていたのは真新しい鶯笛だ。小鳥の飾りも、色を塗ったばかりでつやつやとしている。

わっと、るいではない誰かが、幼い歓声をあげた。

――この笛は、お父ちゃんがくれたんだよ。お父ちゃんが、おまえにって買ってくれたんだ。

――よかったねえ。大切におし。

お父ちゃんが買ってくれた。この綺麗な笛を自分にくれた。嬉しくて嬉しくて、母親から受け取ったそれを、宝物のように握りしめた。

母親の手が優しく髪を撫でる。

――いい子にしておいでね、松吉。

――そうしたらきっといつか、お父ちゃんもおまえを自慢の息子だって、言ってくれるよ。


物音を聞いた気がして、るいは目を開けた。

あたりは真っ暗で、寸の間、自分がどこにいるのかわからなかった。

(あ、そうか。あたし……)

今夜は九十九字屋に泊まれって冬吾様に言われたんだっけ。それであたしは今、店の一階の座敷に寝てるんだっけ。夜具にくるまって、寝ぼけながら思い出した。

とん、とん、とん。

その時、店の戸が鳴った。

るいは一度閉じかけていた目を、ぱちりと開いた。眠気が一瞬で吹っ飛ぶ。そっと身体を起こし、布団のそばに立ててあった枕屏風《まくらびょうぶ》から頭を突き出した。

（あれ？）

ようやく闇に慣れた目に、戸口の辺りだけほんのわずか明るいのが見てとれた。だけどそんなはずはない。

（表の雨戸が開いている……？）

ちゃんと戸締まりはしたのに。

とん、とん。とん、とん、とん。

また戸が音をたてた。誰かが拳で叩いているような音だ。

「ええええっと……」

どうしようと思ったが、考えてみたらすることもないので、るいは暗闇の中で息をひそめて戸口を見つめた。

どん！

ふいに、音が変わった。るいが思わず身を竦《すく》めたほど、大きな音だ。

どん！　どん！

今度は力まかせに殴りつけているみたいだった。荒々しい音はさらに激しく小刻みになり、戸板がガタガタと鳴った。

(……中に入れないのかしら)

でも雨戸を開けたのなら、戸口の心張り棒を外すことだってできそうなものだ。

(もしかして心張り棒に気づいていないとか)

そんなまさかねと思ってから、るいは打ち鳴らされる戸を睨んだ。

(ありえる)

おい、と傍らの壁から声がした。

「なんでぇ、えらく騒がしいな」

「あ、お父っつぁん」

そのとたん、音がやんだ。しんと夜の静寂《しじま》が訪れた。

「……諦めたのかしら」

「いや、まだいるぜ」

「もう、いっそお父っつぁんが見てきてよ」

「俺ぁてめえの仕事を他人に押しつけるような娘に、おめえを育てたおぼえはねえ」

「育ててないじゃない。お父っつぁんはいつも家を空けてて、子育てしたのはおっ母さんじゃない。おっ母さんがいなくなった後は、長屋のおかみさんたちがあたしの面倒をみてくれたんだからね」

「俺だって、おまえのおしめを替えたことくらいあらぁ」

ひそひそと父娘が囁きあっていると、果たして、また別の音が聞こえてきた。

カリ、カリ、カリ……。

何かが戸を引っ掻いている。

「ね、猫かしらん」

「猫にしちゃ、爪を立てる位置が高いな」

「わかっているわよ」

おやと作蔵は意外そうな声を出した。

「なんだ、るい。おめえ、幽霊は平気じゃなかったのか」

「幽霊かどうかまだわからないでしょ。それに、時と場合によるわよ」

この状況は、わりと怖い。怖いけど焦れったい。

（ああ、イライラするわね。だから、心張り棒だってば）

とにもかくにも、相手の正体を確かめなければならないのだ。何が外にいるのか知らないけど、こんなことを朝までつづけるくらいなら、いっそ声に出して教えてやりたい。

しばらくすると、また静かになった。

次は何が起こるかと思っていたら、カランと土間で音が響いた。心張り棒が外れて転がったのだ。やっと気づいたらしい。

しかし、いつまで経っても戸は開かなかった。

「どうしたんだろ」

「よく見ろ。そこに立ってるじゃねえか」

「えっ」

るいは枕屏風の縁《ふち》を摑んで、慌てて土間に溜まる闇に目をこらした。

その視線の先で、ふうっと何かが動いた。闇よりも黒い、影。人影。小さな。

(……いる)

土間の片隅の棚の前だ。そこに冬吾の置いた笛がある。

「ありゃ、ガキだぜ」

うん、とるいはうなずいた。

おかしなことだった。たった今まで黒い影にしか見えなかった相手が、急に輪郭を鮮明にした。るいはぱちぱちと瞬きする。明かりなどどこにもないのに、土間に立つ小さな姿が、闇の中で不自然なほどくっきりと浮かび上がって見えた。

棚の前にいるのは子供だ。るいのいるところから、その子の顔は見えない。見えるのは細い首と、大人の半分も丈《たけ》のない身体と、藍《あい》の縞の着物に白い素足だ。
五、六歳ほどの男の子だった。
なんだか口の中が苦くなったような気がして、るいは枕屛風の縁を摑む手に力をこめた。怪異の正体が子供なら——思い当たるのは一人しかいない。

松吉。

やっぱりと、るいは落胆してため息をついた。あんただったの？　あんたが津田屋さんに悪さをしているの？　あたしは、あんたじゃなきゃいいって思ってたのに。

「なあ、るい」

作蔵がぼそぼそと言った。

「あいつ、困ってるんじゃねえか？」

「は？」

子供は棚の上に手を伸ばす。爪先立った。それから、ぴょんと飛んだ。

それを何度も繰り返す。

「……もしかして、笛に手が届かないとか」

「そうみてえだな」

棚に置かれた笛は、大人なら造作もなく手に取ることができるが、子供にとっては見上げる高さにある。懸命に指先を伸ばしても、届かないらしい。

「まったく。子供ってわけがわかんないわね」

手も触れずに心張り棒を外したくせに、棚の上の笛を取ることができずにああして途方にくれるって、どういうことだろう。というか、戸を開けずに中に入ってくるくらいなら、端から心張り棒なんて関係ありゃしない。その前に戸口の外で騒ぐ必要だってないじゃないか。黙って静かに入ってくりゃいいものを。

「ガキだろうがなかろうが、幽霊ってのはちぐはぐなもんだ。相手がわからないんじゃねえ、おめえがわかってねえんだよ」

作蔵が「へへん」と得意気に言うから、るいは口を尖らせた。

「なにそれ」

「死んだ後でも、生きてる間に見たり聞いたり覚えたりしたことってのは、どこかに残ってっからよ。もう必要ねえってのに、ついつい常識ってやつに縛られちまうんだな。——戸は閉まっていたら入れねえもんだって、まずあいつは思ったんだろうよ」

「ふぅん。そういうもの？」

「おまえは幽霊を目で見ているだけだからなぁ」

冬吾も同じようなことを言っていたなと思いながら、るいはまた土間に目をやった。

「……あ、惜しい！　あともうちょっと……。違う違う、もっと右だってば！　そうそう、もう一回。……ああ、取れない！」

何度も何度も、よいしょと飛び上がっては手を伸ばす子供の姿に、思わず両の拳を握ったが、

「ああもう、見てられない！」

ついに子供が棚の前でしょんぼりと肩を落としたのを見て、るいは枕屏風の陰から立ち上がった。

「そんなんじゃ、夜が明けちまうわよ。待ってな、あたしが取ったげる！」

座敷を飛び出し、板の間から土間に降りる。子供の隣に行って、棚の上からひょいと

笛を取った。

「はい」

差し出すと、子供はきょとんとした。るいを見上げて、どんぐりみたいな大きな目をさらに丸くした。

それも当たり前で、今まで見えていなかった、いないと思っていた人間がいきなり目の前にあらわれたら、幽霊だってびっくりする。

「ほら。あんたの大切なものなんでしょ」

笛を押しつけると、子供はおずおずと受け取った。そうして、それこそ失《な》くした宝物を見つけたように、嬉しそうに笛を握りしめて、ほわぁと笑った。

初めて顔を見たけれど、表情も仕草も本当にまだ幼い。

「もう失くすんじゃないよ」

そう言ってやったら、小さな頭をぴょこんと動かしてお辞儀した。

——ありがとう。

はっとして目を瞬かせると、子供の姿は消えている。

いつの間にか、戸が細く開いていた。慌ててそれを開いて外に出ると、真っ暗な路地を駆けてゆく小さな白い足が見えた。

「気をつけてお帰り」

手を振ってから、るいは、はたと気づいた。

「ああ――っ、しまった！　笛を返しちゃった――!?」

「……で、自分からわざわざ座敷を出て、笛を手渡して、お元気でと見送ってやったというわけか」

翌朝。筧屋から朝飯を携えて店に戻った冬吾は、るいが握り飯を頬張りながら一部始終を話し終えたところで、まず呆れた。

「『お元気で』じゃありません。『気をつけてお帰り』って言ったんです」

「同じことだ。私は相手の正体を見ろとは言ったが、相手にほだされろとは言っていない。なんのための護りだったんだか……」

「すみませんでした」

るいは頭を下げた。成り行きとはいえ凶事のもとである笛を相手に持っていかれてしまったのだから、叱られても仕方がない。

（あたしったら。役立たずよりも、もっと悪いわ）

店を出て行けと言われたらどうしようと束の間気を揉んだが、冬吾は「それは良いとして」とあっさり言葉を継いだ。

「え、良いんですか？」

「悪いのか？」

「だって、あたしのせいで、あの笛がまた津田屋さんのところに戻っちゃったんですよ!?」

「取り戻しに来たのだから、持って帰るにきまっているだろう。想定内だ」

「……だったら最初から、子供の手の届くところに置いとけばいいのに」

「何か言ったか？」

「いーえ何も」

それで、と冬吾は眼鏡の奥で目を細めた。

「松吉に間違いないのだな」

「はい」

るいは自分が見た夢の話をした。長屋にいた女の人と、父親からだと言って手渡された鶯笛。

——いい子にしておいでね、松吉。

あれはきっと、松吉の記憶だ。どういうわけだかそれが、眠っていたるいの夢の中にひょいと紛れ込んだのだ。

そういうこともあると、冬吾は言った。人間は眠っている時のほうが、昼間に起きている時よりも魂がずっと自由になるからだと。

「特におまえは、あやかしに対してあまり抵抗感がないようだからな。いろいろと受け入れやすいのだろう。そのぶん、相手がつけいる隙を与えることになる。気をつけろ」

気をつけるってどうすればいいんだろうと、るいは首をかしげた。

「それよりも松吉だ。やはり津田屋の凶事に関わっていたのか」

「あの子、いい子だと思いますけど」

「なぜわかる」

「他人様《ひとさま》に何かしてもらってちゃんとお礼を言える子は、いい子です」

冬吾はるいを見て、くしゃくしゃと前髪をかきあげた。

「しかし笛を吹いているのは、どう考えても松吉だぞ」

「それは……そうでしょうけど」

でも他人を恨んで悪いことをするような子には見えなかったのだ。本当に。

(違うのかしら)

子供だから。そう思いたくない、悪いモノであってほしくないという気持ちが先走っているだけだろうか。

(でも、でも、でも)

考えているうちにわけがわからなくなってきて、るいは両手で自分の頭をぽかぽかと叩いた。

「……話を聞け」

冬吾が冷ややかに言った。

「あ、すみません」

「どうせ津田屋では、笛が戻ってきたといって今頃騒ぎになっているだろう。昨夜松吉がうちの店に来たことを文にしたためるから、おまえはそれを持って津田屋へ行け」

「やっぱり、津田屋さんに松吉のことを伝えるんですか？」

「当たり前だ。隠してどうする」

「そ、そうですよね」

今、確かなことは——笛が鳴った。津田屋にこれから凶事が起こるということだ。

ぐずぐずしていたら、また死人や怪我人が出るかもしれないのだ。

「津田屋に文を渡す時には、その場にお内儀や息子の栄太郎もいたほうが都合がいい。二人が渋るようなら、私の指示だと伝えろ。おまえも何か訊かれたら、自分が見たことを話して、せいぜい怖がらせてやれ」

「怖がらせてどうするんですか」

「全員の反応をよく見ておくことだ。どんな顔をして、どんなことを言うかをな」

冬吾は口の片端をわずかに上げた。その冷めた表情を見て、るいは目を瞬かせる。

(何を考えているんだか、さっぱりわからないわね)

「それと、おまえが津田屋でやる仕事はもうひとつある。——松吉は津田屋にいるはずだ。探しだして、手っ取り早く本人からどういうつもりか話を聞け」

そんなこと、とるいは思わず首を振った。

「無理ですよ。他人様の店の中どころか奥の住まいにまで入り込んでうろうろしていたら、怪しまれるにきまっています」

「そこは文に一筆添えてやる。――津田屋に禍をもたらすモノを追い払う方法を見つけたが、それを仕掛けるための場所が必要だ。ついては私の弟子であるこの娘に店の敷地にある場所を幾つか選ばせるので、協力を願いたいとな。それならどこを歩き回ろうが、相手も文句は言わないだろう」

（弟子って何なのよ）

よくまあ、それだけすらすらとハッタリを思いつくものだ。

「あの、それくらいならいっそ、冬吾様が直接店に出向いたほうが早いんじゃないですか？」

精一杯の皮肉で言ってみたが、冬吾は涼しい顔である。

「私は他にやることがある」

お房と松吉の親子について、もう少し詳しく調べてみるという。津田屋と交流のありそうな人間を当たってみれば、何かわかることもあるだろう。特にお房は、女中として長く津田屋で働いていたのだから、顔を知っている者もいるはずだ。

「それこそおまえの手に負える仕事ではないと思うがな。どこぞのお店の主人をいきなり訪ねて行って話を聞かせろと言っても、門前払いされるのがオチだ」

その通りであるから、るいは肩を落とした。

さりとて津田屋のほうも、正直、荷が重い。

「津田屋さんを騙《だま》すってことでしょう。もしあたしがただの奉公人だってバレたら、どうするんですか」

「それらしくふるまえば、そうそう疑われはしない。この程度の仕事もできないのなら、うちでは使い物にならんぞ」

（あたしの仕事は店番と雑用って言ってなかったかしら）

それとも、昨夜も今日のこれも雑用の範疇《はんちゅう》だろうか。訊いたら「そうだ」と言われそうなので、訊かないことにした。

ごねていても埒《らち》が明かないので、ここはすっぱり腹を括るより仕方がない。

「わかりました。津田屋さんに行ってきます」

「では文を書くから、少し待っていろ。……ああ、そうだ」

冬吾はるいの前掛けを指差した。

「もっとましな着物に着替えて行け。その格好では先方に失礼だ」

「でもあたし、よそゆきなんて――」

持っていないと言おうとしたら、冬吾は階段に向かって声をかけた。

「ナツ」

あいあいと応じる声があって、二階から女が下りてきた。

一目見て、あっとるいは声をあげる。

「いつぞやの……」

夜道で提灯を手渡してくれた女だ。くっきりとした三《み》つ鱗《うろこ》柄の着物を粋に着て、薄化粧の顔は明るい光の下で見ても、やはり浮世絵の美人のように艶《あで》やかである。絵と違うのは、まるで猫みたいに目を細めてニコリとるいに笑ったことだ。

(おナツさんていうのね)

「先日はありがとうございました」

とっさに頭を下げてから、るいは弾かれたように顔をあげた。

(……って、この人、二階にいたの!? え、いつからいたの!?)

あたしは昨日ここに泊まって、冬吾が来るまでに店先を掃除はしたけれど、それから今まではずっと座敷にいたから誰か来たならわかるはず——と首を捻っているるいにはかまわず、冬吾は女にうなずいた。

「蔵に着物があっただろう。こいつに見立ててやってくれ」

「まかせておくれ。——さあ、おいで」

女に腕を掴まれて、るいは慌てる。

「く、蔵にある着物っていわくつきなんじゃ……!?」

「大丈夫だよ。まともな品もあるからさ。あんたの綺麗な格好を、お父っつぁんにも見せておやり」

「ええっ、お父っつぁんを知ってるんですかっ？」

「たまに話をするよ。あれは、なかなか面白い男だね」

もはや何が何だかわからないままナツに引きずられていくるいに、冬吾は素っ気なく声をかけた。

「——もし嫌な話になりそうだったら、すぐに津田屋から帰ってきていいぞ」

(嫌な話？)

どういう意味だか、やっぱりわからなかった。

四

半刻の後、るいは冬吾の書いた文を携えて本所へ向かった。

ナツに選んでもらった着物は、灰桜と呼ばれる少し灰色がかった薄紅色の地に、白い小花を散らしたもの。それに初夏の明るい草色の帯をあわせると、若い娘らしく華やぎのある色目となった。それでいて仰々《ぎょうぎょう》しくはない。先方に対して失礼にならず、かつ冬吾の使いという分をわきまえた装いである。

しかし。

（べつに期待していたわけじゃないもの）

るいは歩きながら、ぷっと頬をふくらませた。

綺麗な着物に袖を通した時には浮き立っていた気分が、今は少しばかり萎《しぼ》んでいる。

と、いうのも——。

（ええ、わかっていたわよ。褒《ほ》めてもらいたいなんて、思ってたわけじゃないもの）

着替えたるいを見て作蔵が盛大に茶化したのは、まあ予想どおりだからいいとして。

冬吾のほうはつまらなそうに彼女を一瞥《いちべつ》しただけで、文を渡すとさっさと行けとばかりに顎をしゃくった。最近は顔の半分が隠れていても冬吾の表情がわかるようになっていたから、よけいにその「つまらなそう」が小さな小さな棘《とげ》になって、るいの中に残ってしまったのだ。

ふん、だ。トーヘンボク。お世辞でも、何か一言くらいあったっていいじゃないか。似合うとか、何とか。……それとも、本当にこの着物、あたしに全然似合ってないのかな。

るいは足を止めると、頭を振った。

（……あたしったら、何を言ってるんだろ）

気づけばもう津田屋の店先である。

「よし。頑張る」

小声で自分に檄《げき》を飛ばして、えいっと背筋を伸ばすと、るいは店の暖簾をくぐった。

冬吾の言ったとおり、津田屋は戻ってきた笛のせいで騒ぎになっていたようだ。

るいが九十九字屋の使いであることを手代に告げると、吉右衛門がすぐに青い顔で飛び出して来た。あわあわと何か言いかけたが、店表であることを思い出してか、るいを引っぱるようにして奥の座敷に通した。

お内儀と息子の栄太郎も同席してほしいと言うと、二人ともすぐに顔を出した。主人同様、こちらも青ざめて落ち着かなげである。

一家三人が雁首《がんくび》そろえたところで、るいは挨拶もそこそこに、というより吉右衛門に急《せ》かされて、預かった文を差し出した。

文にしたためられた内容に目を通し、吉右衛門は「ああ」と呻いた。

「……松吉。松吉が……」

ひっとお内儀の勝が声をあげる。

「やっぱり松吉が祟っているのかい、おまえさん」

「お父っつぁん」と栄太郎も腰を浮かせた。

それから三人がわあわあと言い立てたところでは、今朝になって中庭の井戸のそばにくだんの鶯笛が落ちているのを、水汲《みずく》みにきた女中の一人が見つけたらしい。

勝がもう我慢できないこんな気味の悪い笛は今すぐ燃やしてくれと泣きつくのを、吉右衛門がそんなことをしてもっと悪いことになったらどうすると反対し、すると今度は栄太郎が俺はもう怪我をするのは御免だ、爺さんみたいに死ぬのはもっと御免だと頭を抱える始末――ということを、るいが訪ねて来る前に延々と繰り返していたようだ。そんな話まで他人であるるいに恥も外聞もなくぶちまけるところをみると、よほど怯えて取り乱しているのだろう。

勝は吉右衛門の手から文をひったくると、食い入るように読んで「ひっ」とまた悲鳴をあげた。投げ捨てるようにそれを、息子に渡す。

それで、と吉右衛門は青い顔をるいに向けた。

「本当に松吉の霊が九十九字屋さんにあらわれたのですか。笛を取り返しに……ええ、文にはそう書かれてありますが、あなたは本当に松吉の姿をご覧に……？」

るいはこっそりため息をついた。昨夜のことを話してせいぜい怖がらせてやれと冬吾は言っていたが、この様子ではその必要もなさそうである。

「はい。私が店の一階で寝ておりますと、夜中に突然、戸口を叩く音がいたしました。とんとん、と。放っておくと今度は殴るような大きな音になり、そのうちに誰かが戸を引っ掻きはじめたのです」

やがて心張り棒が勝手に外れ、気がつくと五、六歳ほどの男の子の姿が土間に――と、るいにそのつもりはなくとも、見たままま聞いたままを語ると、立派な怪談だ。ただし、るいが自分で松吉に笛を取ってやったことは黙っていた。しゃべると面倒くさいことになりそうなので。

案の定、津田屋の三人は竦みあがった。

「だから言ったじゃないか、おまえさん。あたしは、あの子をうちに入れるのは嫌だって！」

「よさないか、今さら」

「あたしにはわかっていましたよ！」

ふいに勝の声が裏返った。胸の内に蓋《ふた》をしていたことがまだあって、それがここにきて溢れ出したかのように、甲高い声で一気にまくしたてた。

「うちに来たあの子を一目見た時に、ああ疫病神《やくびょうがみ》だ、この子はこの家の禍になるって。ええ、ええ、わかっていましたとも！　だいたい可愛げってものがあの子にはかけらもなかった。話しかけても黙《だんま》りで、人の顔を見ても笑いもしない。野良犬だって餌《えさ》をやりゃ懐《なつ》きもするし尻尾も振るじゃないか。なのに、あの子ときたら！　いつも隅っこで陰気な目をしてこっちをぼうっと睨んでいるばかりで。そういうところは、あれの母親にそっくりだ。そう、お房もそういう女でしたよ。無口で陰気で、それなのにちょっとばかり器量がいいことを鼻にかけて――」

「やめないか、死んだ者のことを。それにお房は気働きのあるよい女中だった。おまえも何かと頼りにしていたじゃないか」

吉右衛門が宥《なだ》めにかかったことが、よけいに勝を煽《あお》ったらしい。津田屋のお内儀は目を吊り上げると、「ああ嫌だ嫌だ」と叫んで両手で耳をふさいだ。

「あの笛の音！　松吉ときたら四六時中ピイピイと吹き鳴らして、癇《かん》に障るったらなかった。やめろと言っても聞きゃしない。いっそ取り上げて捨ててやろうかと、何度思ったことか！　ええ、本当に捨てるか燃やすかしちまえばよかったんだ。もっと早くにそうしておけば、今頃こんな怖ろしいことにはならなかったでしょうよ。それをおまえさんが、あの子の肩を持ったりするから――！」

「あの笛は、松吉にとっては死んだ母親の形見だ。それを取り上げるのはさすがに酷いことだろう」

吉右衛門が苦虫を嚙み潰したような顔で言う。

「そんなことを言って、おまえさんはまだお房を――」

「そうですよ、お父っつぁん」それまで母親の勢いに気圧《けお》されていたらしい栄太郎までも、身を乗り出して詰《なじ》る口調になった。

「そもそも今度のことだって、もとをただせばお父っつぁんが悪いんじゃありませんか。松吉は――」

「いい加減にしないか！」

吉右衛門は怒鳴った。思わぬ大声に、勝と栄太郎ははっと口を噤《つぐ》む。

急に静かになった座敷で、るいは何とも居心地の悪い思いで座っているしかなかった。

――全員の反応をよく見ておくことだ。どんな顔をして、どんなことを言うかをな。

ふと、それを言った時の冬吾の奇妙に冷ややかな表情を思い出した。

まるであの時にはもう、この人たちからこんな言葉が出てくることをわかっていたみたいな顔だったと、今になってるいは思う。

(あたしも冬吾様と同じ顔になってるかも)

慌てて、強張《こわば》った自分の頬を撫でた。

松吉はここでどんなふうに暮らしていたのだろう。どうやら、お内儀の勝には好かれていなかったようだ。栄太郎も、松吉のことを気にかけていた様子はない。吉右衛門は少しはマシだが、それだって建前のようなことを言っているに過ぎなかった。

どうしようもなく怯えて、自分たちを襲った禍の正体が松吉だと知って憎さと怒りが募《つの》ったあげくの言葉なのかもしれない。でもやっぱり、これはこの人たちの本音だ。

るいは深く息をついた。

(なんだか……)

胸の中がざわざわする。

「あの」

三人が重く黙り込んだままなので、るいは気になっていたことを口に出した。

「笛は今、どこにあるんですか？」

「……庭の祠《ほこら》に納めてあります」

津田屋の主人は疲れたような声で応じた。

「祠？」

特注の箱に特注の鍵をつけ、その中に笛を入れ箱の表に護符まで貼って、店の敷地にある稲荷《いなり》の祠にしまったという。さらに祠の扉にも鍵をつけたというから、たいした念の入れようだ。

聞けば、そうするようになったのは二度目の凶事——栄太郎が怪我をした後からで、それまであの笛は、誰にも知られずに納戸の片隅にあったのだろうということだ。

「松吉はよく納戸に潜りこんで遊んでおりましたから、笛をそこに隠していたのかもしれません」

隠していたとしたら、誰かに本当に笛を取り上げると言われていたからじゃないのかと、るいは思う。

うるさい、今度笛を吹いたらそれを捨ててしまうよ。……その誰かが勝か、それとも他の人間かは知らないが。

凶事を引き起こすと思われている物を祠に置くのが正しいかどうかはともかく、箱も鍵も結局、役には立たなかったわけだ。笛は鳴り、祠とは別の場所で見つかった。調べると鍵も護符もそのままで、中身だけがなくなっていたらしい。

おまけに寺に納めても九十九字屋に預けても笛が戻ってきたとあっては、当人たちはそりゃ怖かろうと思いつつ、

(棚に手が届かなかったくせに、鍵つきの箱は大丈夫だったのかしら)

妙なところで、るいは感心した。

「それで、文によると九十九字屋さんは禍を祓う方法をご存じとのことですが……」

吉右衛門はにじり寄るように、るいのほうに膝を進めた。

「ええ、まあ」

るいは腹にぐっと力をこめた。――嘘じゃない嘘じゃない。松吉を見つけて話を聞くことができれば、この一件の解決にだってつながるはず。

「しかし、昨日のお話では手だてはないと……、その、次の凶事が起こらぬようにしていただけるということなのでしょうか。禍を祓うというのは、そういう意味でございましょうか」

一度断られているせいか、吉右衛門の表情は安堵と不安がないまぜになっている。しかしるいが「ええっと」と口ごもっているうちに、津田屋の主人はおのれに言い聞かせるように首を振った。

「いやいや、ここは九十九字屋さんを信じて万事おまかせいたします。きっと私どもを助けてくださるに違いない。……津田屋の禍を取り除いてくださった折には、もちろんお礼はたっぷりとさせていただきますよ」

「はあ」

この状況でもいかにも商人らしい物言いで、つまりはこちらの働き次第かと勘ぐりたくもなる。どのみち『不思議』の売り買いの値など、るいにはわからない。

「ではこれからお店の中を見て回ることになりますが、よろしいでしょうか？」

「ええ、それはもう」

ご自由にという言葉を受けて、るいはそそくさと座敷を出た。


(あ、いた！)

蔵の前を小さな影がよぎったのを見て、るいは急いで駆け寄った。しかし追いつく前に逃げられる。姿を見失い、慌てて見回すと、藍の縞の着物がするりと蔵の角に消えたところだ。また走って追いかける。壁に手をついて回り込み、蔵の裏手をのぞいたが、そこには誰もいなかった。

「ああ、もう……！」

(これじゃ、話を聞くなんて無理よ)

るいは肩で息をついて、唇を尖らせた。

すでに半刻近く、こんなことを繰り返している。冬吾の言葉どおり、松吉は津田屋にいた。敷地のあちこちで姿を見かけた。ところがどういうわけか、こちらが近づこうとするとあっという間に逃げてしまうのだ。

(なんてすばしっこいんだろ)

捕まえるどころか、るいのほうが走り回ってすでにへとへとである。

「松吉。……松坊、いい子だから」

駄目だろうとは思いつつ、るいはそうっと呼んでみた。できるだけ優しい声で。

「出ておいで。怖くないよ。何もしないから」

ね、あたしのこと、覚えてるでしょ？　棚から笛を取ってあげたでしょ？

あの、と背後から声をかけられて、るいは飛び上がった。

振り返ると、店の手代が困惑した顔で立っている。

「は、はい。何でしょう」

「旦那様から、よろしければお茶をお出しするよう言われまして……」手代はちらちらとるいの背後、蔵の裏手に目をやっている。「あの、誰かと話をしておられたので？」

どうやら呼びかけるるいの声が聞こえていたらしい。

「いいえ、その、……猫。そう、可愛い猫がいたもので！」

「ははあ」

まだ腑《ふ》に落ちない顔の手代の肩越しに、駆け去ってゆく子供の姿が見えた。

「あっ」

「は？」

「お気遣いありがとうございます。でもお茶はけっこうです！」

今それどころじゃないので——と叫んでバタバタと走ってゆくるいを、手代は呆気にとられて見送った。

消えたかと思えばまたあらわれる松吉の姿を追って、そのままたどり着いたのは店表だった。息を切らせて飛び込んできたるいを見て、奉公人たちが怪訝な顔をする。かまわずあたりを見回すと、松吉は板の間の隅の上がり口にちょこんと腰掛けていた。

「ま——」

呼びかけようとして、るいはぐっと声を呑み込んだ。

(駄目だ。こんなに人がいたんじゃ……)

店先では奉公人たちが忙しく立ち働いている。小売りの客も終始、出入りしているようだ。

るいには生きている人間と変わらぬように見えていても、他の者の目に松吉の姿は映っていないのだ。名前を呼んで駆け寄ったりしたら、何事かと思われてしまう。

ただでさえ――九十九字屋に預けたはずの笛が勝手に戻ってきたという騒ぎの後だ。主人一家の怯えっぷりは店の者らにも伝わっているだろう。ここでるいがうかつなことをすれば、またぞろ騒ぎになりかねない。

(どうしよう)

今なら捕まえられそうな気がするのに。よりによってこんな人目のある場所に逃げ込むなんて。

それとも、人目があればるいがむやみに近づいてこないとわかっているのか。だとしたら、幼いながら聡《さと》い子だ。

(甘いわよ)

こうなったら素知らぬ顔でそばに寄って、ぱっと引っ摑んでここから連れだすしかない。幸い、幽霊は軽いから――と決めて、一歩踏み出したとたん、松吉はるいのほうに首を巡らせた。

(あ、こっちを見た)

目が合った。と思ったら、今度はじっとるいを凝視している。

(なに？　何よ？)

るいは棒のように突っ立って、幼い顔を見つめ返した。

すると松吉が、すうっと腕をあげた。小さな手で店の入り口を指差した。

つられてるいが視線を向けた先、ちょうど男が一人、暖簾をくぐって入ってきたところだった。津田屋の名を染め抜いた半纏を着ているから、店の奉公人だろう。品物を包んだ風呂敷を背負って、どうやら外回りから今帰ったばかりという様子だ。

(この人がどうかしたのかしら)

横目で確かめると、松吉の指先は確かに男に向けられている。るいは軽く首をかしげ、もう一度こっそりと男を観察した。

男は帳場にいた番頭に挨拶をすませると、他の者たちと幾つか言葉を交わし、そのまま奥へと姿を消した。歳は二十代の半ば過ぎ、とりたてて目立つ風貌でもないし、印象に残るとしたら最初から最後までいかにも人当たりの良さそうな笑顔でいたことくらいだ。

(……べつにおかしなところはないと思うけど)

首を捻りながら視線を戻して、るいはうっと呻いた。

たった今まで板の間の縁に腰掛けていたはずの松吉の姿がない。慌てて見回してもどこにもいない。

また逃げられたと肩を落としたるいを、店の者たちがちらちらと見ている。いきなり飛び込んできたと思ったら、いつまでもぼうっとそこに立っているだけなのだから、奇妙に思われて当然だ。それでも吉右衛門に言い含められているのか、るいに声をかけてくる者はいなかった。

るいはため息をついて、その場を離れた。

それからさらに半刻ばかり探して回ったが、松吉を見つけることはできなかった。どこかに隠れてしまったのか、ぱったりと姿を見せなくなってしまったのだ。

ついにるいは諦めて、もう一度店先へと足を向けた。

どうかすると、松吉が先に見せた仕草がひょいと頭に浮かぶ。なぜあの男を指差したのだろう。何か意味があるのだろうか。

(それとも、からかわれただけかしら)

どっちにしろすっきりしないので、るいは土間の横手の通路から今度はそっと店表をのぞいた。くだんの男が他の奉公人に交じって働いているのを確認して、ちょうど横を通りかかった女中を呼び止めた。

「すみません。ちょっと教えてほしいんだけど。……あの人、名前は何ていうの?」

声をかけられて、女中はおどおどと首を竦めた。るいより二つ三つ年下だろう。顔立ちがまだ幼い。板の間のほうへ目をやって、「誰ですか」と蚊の鳴くような声を出す。

別に取って食いやしないわよと思いながら、るいは素早く言った。

「棚の前にいる、あ、今、帳場のほうへ行った人」

「利助《りすけ》さんですか?」

男の名は利助というらしい。

「ここでは古株なの?」

「いえ、利助さんは……」

と、そこに背後から別の声が鋭く割り込んだ。

「おさよ! 台所の水瓶《みずがめ》が空になってるじゃないか。いつも一杯にしておけと言ってあるだろう。水汲みも満足にできないのかい?」

るいは、おさよと呼ばれた若い女中と一緒に、「きゃっ」と飛び上がった。振り返ると、中年の女が怖い顔で立っている。

「も、申し訳ありません！」

おさよは慌てて頭を下げて、逃げるように走り去った。

それを見送って鼻を鳴らすと、女はじろりとるいを見た。

「ご用があるなら、あたしがうかがいますよ。忙しいんで、他に手の空いている者などいやしませんから」

女はここの女中頭で、お粂《くめ》と言った。ふくよかな顔に迷惑そうな色がありありと浮かんでいる。当然お粂も事情は知っているはずだが、店の中をうろつき回るるいを快くは思っていないのだろう。

（つまり、勝手によけいなことを訊くなってことね）

おさよはそれで追っ払われたらしい。水瓶が空だというのも本当かどうか。

正直、こういう相手は苦手だ。というより、奉公の経験から女中頭とは怖い存在と身に沁《し》みている。うっかりすると腰が引けそうになって、るいは心の中で念仏のように自分に言い聞かせた。

（今日は奉公人じゃなくて弟子！　あたしは冬吾様の弟子！）

「あそこにいる利助さんて人のことを、お訊ねしたいんですけど」

お粂がいっそう胡散臭そうな目を向けてきたので、るいは急いで言い訳を考えた。

「ええと……昔の知り合いに似ているんです。権太《ごんた》、そう権太さんて人。……あたしが小さい頃に近くの長屋に住んでいて、それがある時ふいといなくなってしまって。長屋じゃ、権太さんの年老いたおっ母さんが、細々と縫《ぬ》い仕事などしながら息子の帰りをずっと待っているんですよ。それがもう気の毒なものだから、ひょっとしてあの人が権太さんなら、一目おっ母さんに顔を見せてあげてほしいと」

どこかで聞いた話だと思ったら、以前に目にした読み本に同じ筋書きの人情話があった。

今日は嘘ばかりだわと内心でげんなりしたるいだが、お粂はそれを聞いて少し表情をやわらげた。そりゃおっ母さんは気の毒にとうなずいてから、

「けど生憎《あいにく》と、人違いですよ。利助さんはその権太って人じゃありません。利助さんは江戸の生まれじゃないって話ですからね。詳しいことは知りませんけど」

そうですかとるいは肩を落として見せた。

「それじゃ、江戸に奉公に来て十年以上はここで働いているってことですね」

店の名入りの半纏を着る手代なら、それくらいは店にいるはずだ。ならばお房のことも知っているのではないかとるいは考えたのだが、お条は首を振った。

「利助さんはうちの奉公人じゃありませんよ。旦那様の知り合いのお店で働いていたんですが、そちらの紹介で今年の初めから津田屋に手伝いに来てくれているんです。ここもいろいろあって……その、手が足りなかったものですからね」

そういえば、凶事がつづいて奉公人が何人も店を辞めてしまったと吉右衛門が言っていた。手が足りなくなって、でも小僧を入れてもすぐには使いものにならないから、急場しのぎによその店から働き手を回してもらったということか。津田屋ほどの大店になると内情を同業者に知られては困るから、外から働き手を雇うことを嫌うものだが、さすがに今回の事情ではそうも言っていられなかったのだろう。

真面目だし愛想もいいし、何よりよく働くと、お条の口振りからも利助の店での評判はすこぶる良いようだ。

「これでようございますかね」

お条が奥へ引っ込みかけるのを、るいはとっさに引き留めた。

「すみません、あとひとつ」

「まだあるんですか？」

「――松吉のことを、教えてほしいんです」

案の定、お条の表情が強張った。

「あいすいません。そういうことでしたら旦那様かお内儀さんに訊いてください」

「津田屋さんにはもうお話はうかがいました」

「だったらそれで全部ですよ。あたしの口から言えることなぞ、ありゃしません」

そう言われても、あっさり引き下がるわけにはいかない。るいは強引に食い下がった。

「このままだと津田屋さんにまた悪いことが起こりますよ。それを止めるためにも、お願いします！」

「ちょ、ちょっと、やめてくださいよ、そんな大きな声で……」

わかりましたとお条はついに、渋々うなずいた。それでも先に旦那様にうかがいを立てないとと、一度奥に姿を消す。戻ってきたのは四半刻も経たないうち。吉右衛門はあっさりと許したようだ。

「──松吉のことと言っても。ぜんたい何をお知りになりたいんです？」

お条はるいを店表の隣にある部屋に連れていった。客と商談をするための座敷だろう。中庭に面した明るい部屋だが、入るなりお条は障子も襖《ふすま》もきっちり閉め、襷を解いてるいの前に座った。

「何でもいいんです。……たとえば、どんな子だったかとか」

「可愛げのない子でしたよ」お条は即座に言った。あれだけ渋っていたくせに、いざ話しだすと、つるつると言葉がよく出てくる。「年端のいかない子供ってのは、にっこり笑えばそれだけで可愛く見えるもんじゃないですか。ところがねえ。松吉ときたら、笑いもしなければ、声をかけてもろくに返事もしやしない。上目遣いにこっちをぼうっと見ているばかりでね。そりゃはじめのうちはあたしだって、あの子を可哀想だと思っていましたよ。あの歳でおっ母さんを亡くしたんだから。でも、あんなに懐かないんじゃ、可哀想だなんて気もすぐに失《う》せちまって。お内儀さんの仰るとおり、小面憎いほど無口で陰気な子供でした」

（仰るとおりって……）

この人、さっきの話をこっそり聞いていたのかしら。もっとも勝のあの甲高《かんだか》い声では、わざわざ耳をそばだてなくともよく聞こえただろうけど。

お粂もすぐに気づいたようで、小さく咳払《せきばら》いした。

「……笑わないだけじゃなく、松吉は泣きもしませんでしたよ。怒鳴られても飯を抜かれても黙りのままで。蔵に閉じこめてもしんとしているものだから、そこにいることを丸一日忘れられちまったこともありましたっけね」

（なに、それ）

るいが顔を強張らせたのを見て、お粂は声を強めた。

「言っときますが、あたしらが松吉を苛《いじ》めていたなんて思わないでくださいよ。怒鳴るのも折檻《せっかん》するのも、理由はあったんですから」

ここに引き取られてきた当初、物珍しさからか松吉はよく店先をうろうろしていたらしい。荷を運び出す際、小さな子供がいては邪魔だし危険だ。それで気の荒い男衆にしょっちゅう怒鳴りつけられていたという。

飯抜きは粗相をして叱られたからだ。松吉は度々《たびたび》おねしょをした。それだって毎回折檻されたわけではないとお粂は言った。

「蔵に入れられたのも、笛を吹いてあんまりうるさかったからです。店の前でも平気でピイピイ音をたてるから、お客様の中にも嫌がる方はいらっしゃって……」

お条はそこでぞっとしたように肩を震わせた。その笛の音が今も聞こえることを、あらためて思い出したらしい。

「こんなこと、他所様へ行ってしゃべらないでくださいよ。ただでさえ津田屋が災難つづきなのを面白がっているような、意地の悪い輩が世間にゃいるんですから。このうえ松吉のことまであれこれ騒がれたんじゃ、たまったものじゃない。やっかみ交じりの噂ってのは、ろくなもんじゃありませんからね。あたしら奉公人も、そりゃ気をつけて口を噤んでいるんです」

「言いません」るいは言った。自分でも素っ気ない物言いだと思いながら。

「松吉はいつもどこにいたんですか？」

店の中でまだるいが探していない場所があるかもしれない。ひょっとしたら松吉はそこにいるのかもしれない。

「寝起きしていたのは女中部屋です。昼間は、店先を追っ払われてからは庭や蔵のそばで見かけることが多かったですねえ」

蔵の裏手。庭の灯籠の下。井戸のそば。納戸の中。稲荷の祠の後ろ。そういう人目につかない場所で、松吉は一人で遊んでいることが多かったという。

(その辺りは全部探したわね)

ちょっとがっかりしてから、るいは首をかしげた。どこも聞いたような場所だと思ってから、気がついた。

(そうか)

津田屋の凶事がはじまってから、松吉の笛が見つかった場所だ。笛が落ちていたのは、松吉が生前いつもいた場所だったのだ。

(あんなところに、いつもいたんだ)

いずれも他の者が用でもなければやって来ないような、賑《にぎ》やかな店の中でぽつんと寂しい場所だった。そこに一人でしゃがみ込んでいる藍の縞の小さな背中が目に浮かぶようで、るいは膝の上の手をきゅっと握りしめた。

ああ、まただ。胸の中がざわざわする。

「――お房さんというのは、どういう人だったんですか」

さあ、とお粂は呟くように言った。

「あまりよくは知りませんね」

「でもこの店で長く働いていた人なんでしょう？」

女中頭のお粂が何も知らないわけはない。

「毎日顔をあわせていたって、知らないものは知らないですよ。自分のことはあまりしゃべらない人でしたから。……まあ、おとなしい人でしたっけ」

お内儀の勝の言った『無口で陰気』と、お粂の言う『おとなしい』では、お房の印象がだいぶ違う。るいが見つめると、お粂はふいと視線を逸らせた。気だては悪くなかったですよとぼそぼそ呟いてから、大きく首を振って、今にも立ち上がりそうな様子を見せた。

「もういいでしょう。賄いの支度があるんです。これ以上は」

「はい。ありがとうございました」

礼を言って先に立ち上がったのは、るいだった。

「――九十九字屋の主が待っておりますので、これで失礼させていただきます。旦那様には、万事よろしく取り計らいますとお伝えくださいませ」

挨拶もなしに帰るのは不躾かもしれないが、吉右衛門に会えばまたあれこれ訊かれたあげくに「早く何とかしてくれ」と泣きつかれそうで、考えただけでげんなりだ。愛想笑いもここらが限界なので、るいはさっさと津田屋を退散することにした。

店を出たるいは、口元をぎゅっと結んで歩きだした。が、ほどなくその足が止まる。

「……なんなのよ」

振り返ると、津田屋の暖簾が遠くに見えた。そちらに向かって、るいは拳を握った。

「なんだっての。まだ小さな子供じゃないか。それを、可愛げがないだの小面憎いだの、陰気だの。揃《そろ》いも揃って、そんな薄情なことしか言えないのかい⁉」

外に出て張り詰めていた気持ちが緩んだとたん、胸の中でざわざわと波だっていたものが、今度は腹の底でかっかと熱く煮えはじめた。

要するにるいは、ひどく腹を立てていたのだ。

津田屋がことさら松吉を虐《しいた》げていたわけではないというお粂の言い分は、わかる。奉公にあがって間もない小僧などは、言いつけられたことがちゃんと出来ないで、目上の者からしょっちゅう怒鳴られたり、時には殴られることだってある。るいとて、そんな光景はたびたび目にしてきた。やんちゃが過ぎると飯抜きということも、けして珍しくはない。そうやって躾《しつ》けられて、皆一人前になっていくものだ。

松吉は奉公人ではないし、小僧の年齢にも全然足りていなかったけれど、だからといって大目に見てもらえるというものではなかろう。おねしょはともかく、仕事の邪魔をやらかせば叱られても仕方がない。

だけど。――だけど。

たった六歳で死んだ子に対して、誰も哀《あわ》れとは言わなかった。るいが津田屋で聞いたのは、悪口ばかりだった。

「笑いも泣きもしない子供だって？　あんたら、本当にちゃんとあの子を見てたのかい⁉　松吉は……あの子はねえ、笑うとそりゃあ可愛いんだよ。ありがとうって、きちんと頭を下げてお礼だって言えたんだ！　それを……声をかけても返事をしないだって？　陰気な目で睨んでただって？　どこに目ン玉つけてんだい、いい大人が子供に悪態ついてんじゃないよ！」

地面をどんっと踏み鳴らし、憤懣《ふんまん》やるかたなく踵《きびす》を返した。そのとたん、ぎょっとしたのは、道端でこちらを見ている者がいたことだ。

髪が半分以上も白くなった老人だった。呆気《あっけ》にとられたように、ぽかんとるいを見つめている。

「あ……、お気になさらず」

何でもありませんからと慌てて言って、るいは足を速めて歩きだした。すれ違いざまに老人に会釈して、そのままそこを離れようとした——その時。

老人が口を開いた。

「あんた、松吉を見たのかい？」

五

九十九字屋に帰りつくと、冬吾は先に出先から戻った様子でるいを待っていた。

「松吉は何か話したか？」

「その前に逃げられました」

顔をあわせるなり訊かれて、るいがそう答えたら、冬吾は露骨に呆れた顔をした。

「……打てば響くように不首尾を告げるな」

「すみません」

殊勝《しゅしょう》に告げたところで結果にかわりはないのにと思いながら、るいは板の間に腰を据えて、津田屋でのことを報告した。

「……津田屋の反応は予想どおりとして、利助という男のことは確かに気にかかるな」

一通り話を聞いて、内容を頭の中で咀嚼《そしゃく》するように、冬吾はうなずいている。

「それで、最後に出てきた老人は何だ？」

「名前は喜平《きへい》さんです」

声をかけてきた老人は、自分は以前に津田屋に奉公していた者だと打ち明けた。だから松吉のことも知っている。もし話を聞きたいなら、後日に自分を訪ねてくればいいと。

「亀沢町《かめざわちょう》の長屋に住んでいると言っていました」

妙だなと冬吾は呟いた。

「何がですか」

「その喜平という老人は、松吉を見たのかと訊いたんだな？」

「ええ、そうですけど」

「普通は、松吉を知っているかと訊くものじゃないか。もし生前の松吉と顔見知りかという意味なら」

るいは目を瞬《しばたた》かせた。――言われてみれば、そうだ。

「それで何と答えたんだ？」

「見たと言いました」

「相手はおまえがなぜ津田屋にいたのか知っていたのか？」

るいはうなずいた。

「喜平さんはたまたま挨拶がてら津田屋に来ていて、店の人からあたしのことを聞いたって」

——あんた、津田屋の禍を封じ込めるために、店を見に来たんだってな。

しかし喜平はそれ以上はあれこれ訊ねず、るいに自分の素性と住処《すみか》を告げて去っていったのだ。

「あたし、明日にでも亀沢町へ行って、喜平さんに話を聞いてきます」

「私が行こう」

えっとるいは目を瞠った。

「冬吾様が？」

「何か文句があるのか」

「いえ、そんな」

これも仕事だといって当然押しつけられるものと思っていたから、ちょっと意外だったただけだ。

さらに驚いたことに「おまえは、明日は店に残って留守番をしていろ」と冬吾が言ったので、るいはいっそう目を丸くした。

「あたしも連れて行ってください。気になるもの」

「……そうか」

その口振りに、るいは何かしっくりしないものを感じる。

「冬吾様、あの」

ひっかかることは、まだあった。

「さっき予想どおりって仰いましたけど、津田屋の人たちがどんなことを言うか、ひょっとして冬吾様にはわかっていたんですか？」

「なぜそう思うんだ」

「なんとなく」

冬吾はため息をついた。寸の間をおいてから、口を開いた。

「昨日、津田屋吉右衛門から話を聞いた時点で、どうもおかしなことだと思った。松吉はお房が店を辞めてから生まれた子供で、津田屋に来た時には五歳になっていた。だが、いくら長年店にいた女中だといっても、津田屋と縁が切れて何年も経っているものを、身寄りがないからといってその子をわざわざ引き取ったりするものかどうか」

奉公できる年齢ならともかく、年端のいかない幼子ならば、面倒を見るにしても里親を探してやるくらいがせいぜいだろうと、冬吾は言う。

「慈悲でやったことなら、まるで仏の所業だ。……だが津田屋の者たちは、本当に仏のような連中だったか？」

「……いえ」

るいは首を振った。

「津田屋のお内儀は松吉を引き取ることに反対していたようだな。案の定だ」

「ええと」るいは眉根を寄せた。「それはつまり、津田屋さんが松吉を引き取ったのは、他に何か理由があったってことですよね？」

「そうだ」

「どういう理由でしょう？」

冬吾はくしゃりと前髪をかきあげると、るいを横目で見た。何やらむっつりとした顔をする。

「今日、波田屋へ行ってきた」

波田屋甚兵衛は、津田屋に九十九字屋を紹介した人物である。最初に話を聞く相手としては妥当だ。

「波田屋の主人は、お房のことも松吉のことも知っていた。といっても、本人たちに直接会ったわけではない。あくまで噂話として聞いていたらしい」

「噂話？」

「――松吉は、吉右衛門がお房に産ませた子だそうだ」

え、とるいは目をむいた。ぱくぱくと口を開け閉めして、やっと声が出た。

「松吉が……？　津田屋さんと、お房さんの……ってことは」

「松吉の父親は津田屋吉右衛門だ」

「えぇぇ!?　本当なんですか、それっ？」

「だから噂だと言っている」冬吾は顔をしかめた。「おそらく話の出所は、店を辞めた奉公人たちだ。津田屋はその連中にも口止めはしただろうが、いかんせん人の口に戸はたてられん」

でも。——るいは唇を噛んだ。

「冬吾様は、その噂は事実だって思っているのでしょう？」

だからこその『予想どおり』で『案の定』なのだ。冬吾は「ふん」と鼻を鳴らしたが、否定はしなかった。

るいは、津田屋で聞いたお内儀の勝と息子の栄太郎の言葉を思い出す。

——そんなことを言って、おまえさんはまだお房を。

——そもそも今度のことだって、もとをただせばお父っつぁんが悪いんじゃありませんか。

きっとそうだ。あれは、そういう意味だ。あの二人は松吉の素性を知っていて、夫の、父親の過去の不徳を詰っていたのだ。

（なんてことだろ）

間違いない。るいは確信した。松吉は、津田屋吉右衛門の息子だ。

「ひどい。津田屋さんは、松吉が自分の子供だってこと、隠していたんだわ。松吉の父親は誰だかわからない、なんて言って」

「まあ、そんなことだろうとは思った。自分の子であるから放り出すわけにもいかずに松吉を引き取ったものの、世間体を慮《おもんぱか》っておおっぴらにはできなかったというところか」

店の中でも古株の奉公人は、そういう事情も呑み込んでいたはずだと冬吾は言う。

「そのうえで松吉をどう扱えばいいのか、店の者らもさぞ困ったことだろうな」

「そんな！　それじゃ、松吉が可哀想じゃないですか！　自分の父親を、お父っつぁんて呼ぶこともできなかったってことでしょ⁉　それじゃただの厄介者じゃない。引き取ってやったのに恨まれる筋合いはないなんて、よく言えたもんだわ！」

頭に血がのぼって、るいは拳を握った。立ち上がると、腹立ち紛れにその拳で、土間の壁をどんっと叩いた。

とたん、壁がぐえっと悲鳴をあげた。

「やだ。お父っつぁん、いたの」

「……お、おめ、親を殴るたぁ……げほごほげほ……鳩尾《みぞおち》に入ったぞ今の……」

「いるならいるって言ってよ。盗み聞きなんてみっともない」

「盗み聞きたぁ、聞き捨てならねえ……ごほ……俺ぁ、おめえが店に戻ってきた時からここにいたんだ。それっくらい見てわかりやがれ」

「見たってわからないわよ。壁なんだもの」

作蔵の顔が壁からにゅうっと浮き上がって睨んだので、るいも負けじと口を尖らせる。

「まったく、おめえは口ばっかり達者なくせに、根は単純にできていやがるからな」

「なによそれ」

「今の話さ。お店の主人がよそに女をつくるってのは、珍しいことじゃねえわな。ただし妾《めかけ》を囲うってんならともかく、自分の店の女中に手をつけて子までできたとあっちゃ外聞が悪い。それで、手切れ金でも渡して女を追っ払ったってとこだろうよ。確かにガキは可哀想だ。けどよ、おめえみてえに端からガキに同情しきってるんじゃ、話が先に進まねえ」

「どういうこと？」

「可哀想可哀想で腹を立ててたんじゃ、目先がきかなくなるってこった。だいたい、今度のことが松吉の仕業だとして、あのガキがなんで祟るんだ？」

「そりゃ、松吉は津田屋では大事にされていなかったから、……何か酷いことをされたとか言われたとか……だってあの人たち、松吉のことを言いたい放題だったんだから。あたしだったら、みんなまとめて恨んで祟ってやるわよ」

「そらそら、言わんこっちゃねえ」作蔵は壁の色をした指を立てて、るいの鼻先に突きつけた。

「何よ」

「そいつはおめえがそう思うってだけで、松吉が言ったことじゃねえだろ。それともおめえは、あのガキから一言でも恨み言を聞いたのかよ」

「……聞いてない」

「人を恨んで祟るのは怨霊《おんりょう》だ。おめえの言い分じゃ松吉が津田屋を恨んで当然、とすりゃ、あのガキも立派に怨霊ってことにならあ。おめえがそれでいいならいいが、違うってのならちったあ頭を冷やせ」

「あ……」

　るいはハッとした。

　そうだ。六歳の子供が誰かを恨んで祟るわけない。松吉が悪さをするはずはない。あの子はそんな悪い子じゃない。るいはそう思っていたはずだった。

　なのに津田屋の者たちの言葉を聞いて、吉右衛門が父親だとわかって、祟って当然だと口をついて出たのは、るい自身の腹立ちからだ。作蔵の言うとおり、松吉が哀れだという自分の勝手な気持ちの裏返しだ。

（考えてみたら……津田屋さんが自分の父親だって松吉が知っていたのかどうかも、わからないじゃないの）

「お父っつぁん」

「おう」

「たまにはまともなことを言うんだね」

なんだそりゃ俺はいつもまともだ、とわめく壁を尻目に、るいは眉を寄せるとまた上がり口に腰を下ろした。

（つまり、頭にくるのも可哀想ってのも、一度なかったことにして考えてみなきゃ）

今わかっている、本当のこととは何だろう。津田屋に凶事がつづき、その前触れに笛の音がする。それを吹いているのは、松吉だ。――と、ここまで考えれば、どうやっても津田屋に禍を起こしているのは松吉ということになる。

でも。

「……怨霊なんかじゃないわ」

本当のことを、るいはもうひとつ知っている。

昨夜見た夢だ。松吉の記憶だ。

――いい子にしておいでね、松吉。

――そうしたらきっといつか、お父ちゃんもおまえを自慢の息子だって、言ってくれるよ。

長屋にいたあの女がお房だろう。窶《やつ》れてはいたけれど、綺麗な顔立ちだった。母親にそう言われて松吉は、一生懸命いい子になろうと思ったのだ。その思いは夢の中で、るいにも伝わった。

幼い子供が、母親の言いつけを守らないわけがない。今でも松吉は、いい子でいようとしているはずだ。

(松吉は誰かに悪さをする子じゃない。あたし、それだけは信じる)

その時、父娘のやりとりを眺めていた冬吾が冷ややかに口を開いた。

「やはり、おまえは明日は留守番だ。……いや、この件にはもう関わらなくていい。この先は私が一人でやる」

「えっ」

「あやかし絡みで使えそうだと思ったからおまえを雇ったが、どうやら今回は、生きている人間のほうが面倒だ。おまえに他人の込み入った事情の対処ができるとは思えん。これ以上は首を突っ込まずにおとなしくしていろ」

どうしてと思うより先に、るいは草履《ぞうり》を脱ぎ捨てると、板の間に座っていた冬吾に膝で詰め寄っていた。

「嫌です！」

「おい」

「昨日からさんざんこき使っておいて、今さらそれはないと思います！」

「こき使うとは人聞きの悪い」

「だって冬吾様は、松吉のことを一度も見たことないじゃないですか。昨夜も今日も、あの子に関わったのはあたしなんですから。ここまできて放り出すことなんて、できません！」

きっと何か理由がある。松吉がこんなことをしている理由は、必ずある。それがわからないまま、手を引くなんてできない。

「情に振り回されると、ろくなことはないぞ」

「振り回されません！　だからこのまま手伝わせてください！」

口をへの字に結んで一歩も退《ひ》かないるいを見て、冬吾は小さくため息をついた。そっぽをむいて、言った。

「……なら、好きにしろ」


翌日、るいは冬吾とともに亀沢町の喜平の長屋を訪れた。

喜平は冬吾を見て怪訝な顔をしたが、津田屋の依頼を受けた当人だと知ると、中へ招き入れた。

老人は独り身のようだが、家の中はさっぱりと片付いている。喜平は鉄瓶の湯で茶を淹《い》れて二人に出したが、湯呑みを置く時の動作が少しぎこちないことにるいは気づいた。

「腕をどうかしたかい」と、訊いたのは冬吾だ。

「なに、昨年のことさ。ここをひどく痛めちまった」喜平は右の肩に手をやった。「治るにゃ治ったが、まだ時折引き攣れる」

先代の頃から津田屋で下働きをしていたが、その怪我で働けなくなり、店を辞めたという。

「それは難儀だな」

「旦那様には今でもよくしてもらっている。そのおかげで、こうして暮らしていけるんだ。だから俺は津田屋を悪く言うつもりはねえ。悪くは言わないが、俺の知っていることは話しておこうと思う」

「知っていること？」

松吉のことだと言って、喜平はきっぱりとした目を二人に向けた。

「あんたら、松吉をどうするつもりだ？」

るいは、あれと思った。店を辞めたのが昨年なら、この老人も津田屋の凶事は目《ま》の当たりにしていただろう。でも、その口振りだとまるで……、

「まるで端から松吉の仕業だとわかっていたような言い方だな」

口から出ようとしていた言葉を先に言われて、るいは冬吾を見た。

喜平は肩を竦めてから、また右の肩を押さえた。今日は痛むから雨になるかもしれねえ、と呟いている。

「端からってわけじゃねえ。夏に食中毒でいっとき店を閉めたあたりから、奉公人の間じゃ、こいつは松吉の祟りじゃないかって話になってた。けど俺にはそうは思えなかった。松吉はそんな酷いことをする子じゃねえってな」

るいは目を瞠ると、身を乗り出した。

「じゃあ、どんな子だったんですか⁉」

「そうだな。確かにあまりしゃべらない子だった。子供らしい我儘《わがまま》なんざひとつも言わねえから、逆に不憫《ふびん》なくらいだった。店には他に子供はいねえし、手習いに行くにゃまだ小さい。仕事を覚えるにはもっと歳が足りない。それで放っておかれて、いつも一人で遊んでたよ。あれは子供なりに一生懸命、まわりの大人に気を遣っていたんだろう」

不思議なことにその松吉が、笛を吹き鳴らすことだけはやめなかった。煩《うるさ》いとどんなに怒鳴られても折檻されても、ところかまわずピイピイと笛を吹いていたという。

「叱られてしょげているのが可哀想で、たまに声をかけてやったら、嬉しそうにニッコリ笑ったなぁ」

喜平はるいを見て、うなずいた。

「あんたの言うとおり、笑うと可愛い子だった。いい子だったよ」

るいは思わず、冬吾の袖を摑んだ。

「ほら、冬吾様。ほらほら！」

「何が『ほら』だ。引っぱるな」

「——本当を言うと俺は昨日、あそこであんたが店から出てくるのを待っていたんだ」

冬吾の袖を放すと、るいは老人の皺を刻んだ顔を見た。喜平は終始硬い表情のままだが、それは目の前の二人に思うところがあるからではなく、たんに無愛想な質なのだろう。

「津田屋に行ったら、あんたがバタバタ走り回っていた。新しい女中にしては身なりがいいし、店の客というふうでもない。ありゃ誰だって手代に訊いたら、旦那様が店の禍を収めるために呼んだ者だという。それで気になった。あんたが、松吉のことを知っているのかどうか」

しかし、いざ訊くにしても、何をどう説明すればよいのか。先に店の外に出てるいを待つ間にも、喜平は迷っていたらしい。

「松吉をどうにかすれば事が収まるってのなら、俺が出張る筋合いはねえとも思ったしな。けど、店から出てきたあんたは怒っていた。松吉のために、怒っていた。それで俺は、あんたに松吉の話をしようと思ったんだ」

「昨日は、津田屋の人たちが松吉のことをあんまり悪く言うものだから、つい腹が立って……」

るいは肩をすぼめた。考えてみれば往来で一人で啖呵《たんか》を切っていたわけで、思い返すと些かきまりが悪い。

「お内儀さんから話を聞いたのかい」

「それと、女中頭のお条さんから」

喜平はうなずいた。

「お条は忠義者だからな。旦那様やお内儀さんのためなら、墨でも白いと言い張るような女だ。お内儀さんが松吉を悪く言うものを、お条が褒めるわけはねえ」

喜平は一度黙ってから、「だが」とつけ加えた。

「かばうわけじゃねえが、叱られて飯をぬかれた松吉に、お条がこっそり握り飯をつくってやったこともあるんだ」

「え……」

るいは目を瞠る。

意外だった。あの人が？　松吉を小面憎いとまで言っていたのに？

「お内儀さんだって、煩《うるさ》い煩いと言いながら、結局最後まで松吉から笛を取り上げることはなさらなかった」

　呟くような老人の言葉をどう受け取っていいのか、るいは戸惑う。

「ただ、皆が祟りだと言い出すのも無理はねえ。松吉は死に方が可哀想だった」

「風邪じゃなかったんですか？」

「風邪に違いはねえ。——あの日も松吉はお内儀さんにこっぴどく叱られて、裏庭に連れて行かれた。そこに立っていろ、いいと言うまで中に入るなということだったらしい」

　俺はその場にいなかったからわからねえがと、喜平は首を振りながら言った。

「お内儀さんはそのあと用事があって、松吉をそのままにして出かけなすった」

　半刻ほどして雨が降りはじめた。秋の終わりの冷たい雨だ。その日にかぎって店が忙しく、他の者は誰も松吉が裏庭にいることに気づかなかった。気づいたのは皆が顔を揃える夕餉《ゆうげ》の時だ。慌てて探しにいくと、松吉は真っ暗な裏庭でずぶ濡れになって震えながら、まだそこに立っていた。

「その夜に高い熱を出して、次の日にゃ松吉は死んじまった」

「どうして、そんな……！　だって、お内儀さんは松吉が外にいることを知ってたんでしょう⁉」

またぞろ頭に血がのぼりかけて、るいは歯を食いしばった。

「お内儀さんが店に戻ったのは夕餉のあとだった。多分、松吉がいつまでも馬鹿正直に雨の中に突っ立っているとは思っていなさらなかったんだろうよ」

前にも同じことがあったんだ。喜平は言う。松吉が外に放り出されることは何度かあって、けれども陽射しが照りつけて暑い日や同じように雨が降り出した時には、見かねた店の者が松吉をこっそりと中に入れてやっていた。勝はそれを知っても、別段、咎めはしなかったらしい。

だから——どうせまた、誰かが松吉を裏庭から連れ出すだろう。そうでなくても、雨宿りくらいはするだろう。勝はそう考えていたようだ。

「何度も言うが、俺は自分も含めて誰もかばうつもりはねえ。ただあの時、もし気づいている者がいりゃあ、松吉を中に入れてやったはずだ。そいつは本当のこった」

なるほど。松吉の死は津田屋の人々に後ろめたさを残した。それがやがて、祟りを怖れる心に変わっていったのだ。

「だが津田屋のお内儀が松吉を快く思っていなかったのも、本当のことだ」

冬吾が口を開いた。

「それは、お房——松吉の母親のせいだな」

喜平の表情が、わずかであるが動いた。目を見開き、そして細めたのだ。

冬吾は畳みかけた。

「お内儀はお房のことも、悪《あ》し様《ざま》に言っていたそうだ。あんたもお房は知っているはずだな？」

「……知っているさ。店に奉公に来た時からな。松吉はお房によく似ている。そいつもお内儀さんにとっちゃ、面白くねえことだったろうよ」

老人は自分の顔をつるりと手で撫でると、考え込むような素振りを見せた。

「言わなきゃならねえかい？」

いや、と冬吾は肩をすくめた。

「今ので十分だ」

喜平はうなずいたが、すぐにぼそぼそと話しはじめた。

「俺は詳しい経緯《いきさつ》は知らねえ。お房は大人しい女だったが、しっかりした働き者だった。お内儀さんもお房のことは気に入っていて、身のまわりのことをよくやらせていた。

……ところがある日、お内儀さんが青い顔をして実家に帰っちまったことがあってな。そのすぐ後だ、お房が店からいなくなったのは」

　お房は病を患って、津田屋の寮に移ったという話だった。何の病か、その寮がどこにあるのか、下働きの喜平にはわからなかった。

「それから半年ばかりして、お房は店を辞めたと聞いた。——旦那様が松吉を店に連れてきた時、はじめて俺は、ああそういうことだったのかと思ったのさ。お内儀さんの態度や、店の古株連中がひそひそと話していることを聞いてな」

　そうなるとお房が病を患ったというのも怪しいものだ。子を身籠《みごも》ったとなれば当然、父親は誰かという話になる。それを隠すために、店を出されたということではないか。

「松吉は、自分の父親のことを知っていたのか？」

「さあな」喜平は首を振った。「だが、知っていたとしたら可哀想なこった」

　老人はそれきり口を噤み、冬吾も何も言わなかった。

　るいは湯呑みを手に取った。茶はとうに冷めている。一口飲むと、舌の根に苦く感じられた。いや、茶の味のせいではないだろう。

（あの笛……）

るいは思う。

あの鶯笛。夢の中で、お房はあれを、松吉の父親が買ってくれたものだと言っていた。でも、違うのだろう。吉右衛門のあの様子では、笛のことなど露《つゆ》ほども知るまい。はからずも吉右衛門本人が言っていたように、あれはおそらくお房が自分で買って松吉にやった物なのだ。幼い松吉を喜ばせたくて。おまえにはちゃんとお父ちゃんがいるんだと、言ってやりたくて。

るいは腹の底から息を吐いた。

棚から笛を取ってやった時、宝物のようにそれを握りしめて笑った松吉の顔を思い出す。

あの子はきっと、最後まで、あの笛は父親が自分にくれた物だと信じていたに違いない。

鼻の奥がつんとして、るいは慌ててぐっと背筋を伸ばした。

「——まだ肝心の話がすんじゃいねえ」

喜平は低い声で言った。

「あんたは松吉を見たと言った。あんたも、松吉の亡霊が見えたんだな」

「はい。……え？」

るいは目を瞬かせた。

（あんたも？）

「俺も見た。一度だけだが」

「一度？　いつですか？」

「この怪我をした時だ」

老人はまた自分の肩に手をやった。

「店の前で荷を車に積んでいた時に、笛の音が聞こえた。ああ松吉だ、松吉の笛だって思ったよ。まるですぐそばで吹いてるみてえだった。それで、慌ててそこらを見回したんだ」

すると、店先をするりと小さな影がよぎった。子供が店の中へと駆け込んでいったのが見えたという。

「松吉だ。間違いねえ。顔は見えなかったが、着物の柄におぼえがある」

「藍の縞柄の？」

「そうだ。背格好もそうだった」

目を疑うより先に、喜平はとっさにあとを追おうとした。松吉、松吉と呼びながら。

「そうしたら、危ねえと誰かが叫んだ。店の脇に積み上げてあった荷が崩れたんだ。そいつがたった今まで俺が立っていた場所にどっと落ちてきた。なにせ重たい荷だったからな。そのひとつがぶつかって、このとおり肩をやられちまった」

その場には喜平の他に何人もいて、皆が笛の音を聞いていた。どこからかピィーと笛が響いたと思ったら、突然、荷が崩れたと後で口を揃えて言った。

(それって……)

るいははっとした。冬吾を見ると、やはりうなずいている。

津田屋の四番目の凶事だ。店先に積んだ荷が崩れ、怪我人が出たという――。

(その時の怪我人が喜平さんだったんだ)

「あんたは凶事の場で松吉を見かけた」と冬吾。「だから津田屋の一連の禍が松吉の仕業だと、知っていたというんだな」

しかし、喜平はうなずかなかった。

冬吾とるいを見やって、強い声で言った。

「俺が知っていることってのはな、あの時松吉が笛を吹かなきゃ、俺の前に姿をあらわさなきゃあ、俺は命がなかったかもしれねえってことさ」

もしそのまま立っていたら、どうなっていたかわからない。肩の怪我くらいではすまなかっただろう。

わずか数歩の差で助かった。――それは松吉を追いかけようとして、踏み出した数歩だった。

「俺は松吉に命を救われたんだと、今でも思っている。松吉が、そこは危ねえから気をつけろって、笛を吹いて教えてくれたんだってな。他の時のことは知らねえ。けど、俺は松吉のおかげで助かった。俺にとっちゃ、それが『本当』のことだ」

だから、と喜平は言う。初めて口の端を緩めて、わずかに微笑んだように見えた。

「あんたらが松吉をどうするにしろ、俺はそれだけはあんたらに伝えなきゃなんねえと思ったんだよ」

九十九字屋へ帰る道すがら、るいは喜平から聞いた話を思い返した。ぐるぐると考えつづけたあげく、少し先を歩く冬吾に話しかけた。

「冬吾様。あたし、さっぱりわかりません。津田屋の人たちは、本当は松吉に優しかったんでしょうか。喜平さんはそう言いたかったんでしょうか。でも松吉が死んでしまったのはお内儀さんの仕打ちのせいで、それはお内儀さんが松吉を嫌っていたからで、嫌う理由はあったからで――」

夫が他の女に産ませた子を引き取ることが、勝にとって面白かろうはずがない。それくらいは、るいにだってわかる。勝がお房のことを罵ったのも、いまだ悋気《りんき》が消えていないがゆえだ。

冬吾は肩越しにるいを振り向いた。

「言ったはずだ。おまえにこういうことの対処は無理だとな」

鼻を鳴らすように言われて、るいは口を尖らせる。足を速めると、冬吾の前に出てずいとその顔をのぞき込んだ。

「じゃあ、教えてください」

ちょうど、竪川《たてかわ》にかかる二ツ目橋にさしかかったところだった。冬吾は橋の上で足を止めると、るいを見下ろしてため息をついた。

「世間にはもっと耳をふさぎたくなるような話がいくらでもある。継子《ままこ》やおのれの実の子でさえも虐げるような、酷い話がな。幸い津田屋はそうではなかったということだ」

冬吾は袖に両手を差し込んで、橋の欄干にもたれかかった。眼鏡の上に前髪が鬱陶しくかぶさって、その表情を隠している。

「憎い女の子供であっても、それこそ殺すつもりで苛めることまではできなかった。厄介の種になるとわかっていても、自分の血を引く子供が身寄りもなく世間に放り出されることに知らん顔まではできなかった。幼い子供が叱られているのを見て、哀れに思ってこっそり飯をやったり店の中に入れてやったりした。――皆、その程度には優しかった」

だが、と冬吾は言う。

「それ以上には何もしなかった。吉右衛門は松吉のことを世間に隠して、引き取っても自分の子としては扱わなかった。お内儀が松吉を疎ましく思って邪険にしていたことにかわりはない。息子の栄太郎は松吉には無関心だったようだが、内心はどうだったか。外腹でもいずれ松吉が大きくなれば、津田屋の身代を巡って争うことになりはしないかと懸念していたかもしれない。奉公人たちも、道端で泣いている子供に声をかけるのと同じくらいの気持ちで、本気で松吉に気を留めていたわけではなかった」

その頃にはまだいたはずの津田屋の先代も、まったく話題にのぼらぬところをみれば、松吉には関わりもしていなかったのだろう。

悪人ではなかった。善人でもなかった。

良いも悪いも中途半端で、普通の人間だった。

結果、松吉は津田屋ではひとりぼっちだったのだ。寝る場所と食べる物を与えればそれが恩だと言う者たちの中で。

「お内儀がことさら松吉を悪く言うのも、凶事に怯えているせいばかりではないだろう。松吉が死んでおそらく一番気が咎めたのはお内儀だ。自分が悪いと思いたくなければ、松吉が悪いと思うしかない」

もとはといえば叱られるようなことをした松吉が悪い。恩知らずなあの子が悪い。あの子は津田屋の疫病神だった。可愛げのない悪い子だったから、死ぬ羽目になったのだ。だから悪いのは自分じゃない。

(そんなの……)

ひどいと思う。卑怯《ひきょう》だと思う。……でも。

そんなふうに心が逃げ場をつくってしまう。その卑怯な弱さは、人にはいくらでもあることなのかもしれない。それこそ、人殺しを何とも思わない悪人か、仏のような善人でもないかぎり。

るいは上目遣いに冬吾を見た。

「冬吾様は松吉をどうするつもりですか？」

「どうもこうも、成仏させるしかない」

「どうしたら成仏するでしょう」

「その解決法を、こうして考えているんだろうが」

素っ気なく言った冬吾に、るいは大きくうなずいた。

「あたし、今からもう一度、津田屋へ行ってきます」

「なに」

「今度こそ松吉を捕まえて、しっかりあの子の言い分を聞いてきます！」

おい待てと冬吾が欄干から身体を起こした時には、るいは踵を返して、来た道を駆けだしていた。津田屋のある小泉町は、九十九字屋とは反対方向だ。

その勢いで半町ばかりも走ってから、

（あれ？）

唐突にるいは足を止めた。

何か今、頭をよぎったような。とても大事なことだ。何だろう、何だろう。

「あ……!?」

るいははっとすると、ふたたび向きを変えて橋へと駆け戻った。

「冬吾様！」

「何だ」

冬吾はまだ橋の上にいて、息をきらせて戻ってきたるいを呆れたように見た。

「……喜平さんは松吉に命を助けられたって言ってましたよね。それが本当だとしたら、どうして松吉は喜平さんを助けたんでしょう？」

「どうして？」

「だって、おかしいじゃないですか。何度も凶事があってそれぞれ酷い目にあった人がいるのに、喜平さんの時だけ危険だって知らせるために笛を吹いたなんて」

——松吉が、そこは危ねえから気をつけろって、笛を吹いて教えてくれた
もしかしたら。もしかしたら、喜平の言ったように、それが『本当』のことなんじゃないだろうか。

「喜平の思い込みということもある。たまたま松吉の姿を見て追いかけようとしたから、

助かっただけということも」

「いいえ」

　るいは激しく頭を振った。

「松吉はきっと、みんなを助けようとしていたんです。危ないって、笛を吹いて教えてたんです。喜平さんだけじゃない、他の人たちにも！」

　それまで視界をふさいでいたものが、いきなりぱあっと晴れた気がした。そう考えれば、いろいろ辻褄《つじつま》があうのじゃないか。

　松吉が凶事を起こしたんじゃない。凶事が起こることを、伝えようとしていたんだ。きっとそうだ。

　――危ないよ。悪いことが起こるよ。早く気がついてよ。

　冬吾はるいを凝視すると、考え込むように自分の顎に手をやった。

「まあ待て。一度目の凶事は、津田屋の先代が死んだ時だったな。笛の音がしてから四日後に、先代の惣五郎が急逝した。前日まで元気だったと言っていたが」

「先代さんは、歳はお幾つだったんですか」

「……確か、亡くならなければ昨年喜寿を祝うはずだったと、波田屋が言っていた」

齢八十に近かったということだ。

「あのぅ。あたしは言わないけど、うちのお父っつぁんなら言いそうなことを言ってもいいですか」

「言ってみろ」

「『そんだけ生きてりゃ、いつ寿命でポックリ逝ったっておかしかねえよ』」

冬吾は肩をすくめた。

「つまり松吉は、先代が亡くなることがわかっていたから、それを伝えようとした……というわけか？」

「二度目の時だって、栄太郎さんが怪我をしたのは笛が鳴ったその日の夜でしたよね。松吉は、栄太郎さんの身に悪いことが起こるってわかってたんです。それを、教えようとしたんだと思います」

三度目は食中毒の騒ぎだ。松吉の笛の音を聞いた翌日に、店の者たちが吐き気と腹痛を訴えて寝込んだ。それとて——暑い夏のことだ。どれほど気をつけていても、食べ物や水が腐ることはあるのだ。

「おまえの言い分だと、津田屋の凶事はたまたま不運が重なっただけで、笛が鳴らなくてもそれは起こったということになるぞ」

「もっと言うと、松吉がせっかく伝えようとしたのに、誰も気づかなかったから凶事になってしまったんです」

冬吾は眼鏡の玉の奥で目を細めた。

「四度目にやっと喜平が気づいたわけか。五度目は、笛の音がした直後に吉右衛門の姪が連れてきた子供が井戸に落ちたんだったな」

その時、もし笛の音を聞いていなければ。悪い事が起こると皆が警戒していなければ、果たして子供の姿が見あたらないことにすぐに気づいたかどうか。

「なるほど。もし松吉の本意が津田屋に禍をもたらすことなら、わざわざ笛を吹く必要はない。むしろ笛の音が妨げになる」

「はい」

やっと冬吾にわかってもらえたと、るいはホッとしてうなずいた。

(そもそも笛の音っていうのが紛らわしいのよ。いろいろと)

どうせならもっとわかりやすい方法で伝えればいいのにと思ってから、るいは自分に首を振った。

松吉は、あの笛しか持っていなかったんだ。まだたった六歳で、一生懸命に笛を吹くことしかできなかったんだ。

問題は六度目の笛。――次の凶事を告げる笛が鳴ったということである。

「津田屋がうちに来た時点で、笛が鳴ったのは三日前だと言っていた。今日で六日目か」

「先代さんの時より、長いですね」

喜平の時や子供が井戸に落ちた時のように、即座に何かが起こるということではないのかもしれない。しかし目に見えていないだけで、禍の種が今もじわじわと育っていると思うと、るいは薄ら寒く感じた。

(逆に大事《おおごと》なんじゃないかしら)

冬吾も同じことを考えたらしく、「何か手がかりがあれば」と遠方を睨むようにして呟いている。

(手がかり……やっぱりもう一度、松吉にはっきり訊いたほうが早いかも……)

しばし考え込んでから、るいは「あっ」と声をあげた。

冬吾もほぼ同時に「そうか」と唸り、二人は思わず顔を見合わせた。

手がかりは、あった。

凶事が津田屋を襲ったのは、それからさらに四日後のことである。

六

「おいこら、起きゃあがれ」

深夜、筧屋の三畳間で寝ていたるいは、作蔵の声で目をさました。

「何よ、お父っつぁん。旅籠のほうには顔を出さないでって言ったじゃない」

半分寝ぼけて夜具を頭まで引っ張り上げたるいだったが、

「馬鹿野郎、一大事だぜ。津田屋が押し込みにあったとよ」

その言葉にがばっと身体を起こした。

津田屋が強盗の一味に襲われたという。

「いつ⁉」

声を上げてから、慌てて口を押さえた。旅籠の者たちは皆寝静まっている。耳をすませたが、あたりはしんと真っ暗で、誰かが聞きつけて起きだしてきた気配はなかった。

「さっき、おナツが知らせてきたぜ。冬吾のやつはもう津田屋へ向かった」

「おナツさんが？　で、あたしは置いてかれたの!?」

「おめえが行っても役に立たねえからだろ」

「じゃ、なんでお父っつぁんが知らせにくるのよ」

「俺だって捕り物を見物してえ。おめえが寝てたんじゃ動けねえじゃないか」

ただの野次馬である。

るいはむうっと頰を膨らませたが、ともかく急いで身支度を整えた。

足音を忍ばせてこっそりと筧屋の裏口から外に出ると、一散に夜道を駆けだした。

竪川を渡り、回向院を過ぎると、早くも喧噪《けんそう》が伝わってきた。津田屋の近くに人が集まっている。ほうぼうに提灯の火が揺れ、雨戸の外れた店の中からも明るく光が漏れていた。

「冬吾様！」

店の前に冬吾の姿を見つけ、るいは駆け寄った。

「なぜここにいるんだ」

冬吾は呆れた顔をしてから、作蔵だなとため息をついた。

「それより、どうなったんですか⁉　津田屋の人たちは無事なんですかっ？　誰か怪我をしたりとか、まさか――」

「全員、無事だ。賊は店に忍び込んだが、凶行に及ぶ前に取り押さえられた」

すでに町方が来て一味を大番屋へ引き立てていったという。

「じゃあ、やっぱり？」

るいが訊ねると、冬吾はうなずいた。

「利助は賊の下見役だった。戸を開けて仲間を店に入れ、先導したのも利助だろう」

その時、誰かが冬吾の名を呼んだ。こちらに近づいてくる者がいる。竪川の南側を縄張りにしている源次《げんじ》という岡っ引きだ。ここで待っていろと言い置いて、冬吾はそちらに足を向けた。

取り残されたるいは、外から津田屋の様子をうかがった。ひっきりなしに人が出入りし、時おり大声や泣き声が聞こえてくるところをみると、店の中はまだだいぶ混乱しているようだ。

無理もないとるいは思った。

(何も知らなかったんだものね)

四日前——二ツ目橋でるいが思い出したのは、津田屋で見た松吉の奇妙な行動だった。松吉は利助を指差していた。あの時は首をかしげたものだが、もしやあれはるいに伝えようとしていたのではないか。

この男は危険だと。禍はこの男だと。

……というのはまあ、すべてが明らかになった今だから言えることだが、ともかくるいは、利助が津田屋の次の凶事に関わる人間ではないかと気づいたのだ。

でも、どう関わるのだろう。るいには見当もつかなかったが、冬吾には思うところがあったらしい。

九十九字屋の主は、店に戻ってすぐに土地の岡っ引きのもとに向かった。るいは一緒に行かなかったので、二刻ばかりして帰ってきた冬吾の口から源次親分とのやりとりを聞いた。

源次は以前にあやかし絡みの事件で、冬吾に相談を持ち込んだことがあるという。自身が身をもって体験しているから、『不思議』を扱う九十九字屋の商売についても、よく理解している。冬吾から松吉のことを聞いても笑いとばしたりせず、逆に表情を険しくした。

そうして、そいつはひょっとすると津田屋は危ねえぞと言った。

何年か前に江戸市中を荒らし回った盗賊の一味が、似た手口を使っていた。様々な方法で狙った店に下見の者を送り込み、内情や建物の間取りなどを十分調べてから、事に及ぶ。本所深川でも押し込まれた店があったから、親分はぴんときたらしい。一味はまんまとお上の手を逃れて姿をくらましたが、もしかしたらほとぼりがさめた頃合いと、また江戸に戻ってきたのではあるまいか。

知人の店からの紹介というのも怪しい。津田屋が災難つづきで人手不足だったなら、連中にとってこんな都合のいい話はない。しかしその程度のことでは奉行所は動かないから、しばらくは源次が手下を使って昼夜を分かたず利助を見張ることになった。小泉町界隈《かいわい》を仕切る親分にも話を通して協力を得た。

津田屋は結局、最後まで何も知らされぬままだった。というのも、吉右衛門に伝えれば今度は賊を怖れてまたぞろ騒ぎだすにきまっていたからで、利助に勘付かれては元も子もない。冬吾は源次と会った翌日に津田屋を訪れ、落書き同然の札を店のあちこちにベタベタ貼って、「はい、これで凶事は封じました」と吉右衛門をひとまず安心させた。

あとは待つだけだとるいは思ったが、他にもるいの知らないところでいろんな事が動いて、手はずは整えられていたのだろう。これだけ手際よく賊が捕らえられたところをみれば。

今夜、津田屋の凶事は皆が予想したとおりのかたちで起こった。

(押し込みにあった津田屋さんはちょっと気の毒だったけど……)

一味によって皆殺しにされた店もあるというから、最悪の事態を免《まぬが》れたことを津田屋は感謝してもいい。これも冬吾の先見と、源次の勘と経験のおかげだ。

そして何より、松吉の手柄である。

(これで津田屋さんも、松吉が禍を起こしていたんじゃないってわかるはずよ)

そんなことを考えていたるいの目の端で、何かが動いた。

おやと思ってそちらに目を凝らすと、右往左往している大人たちの間をひらひらと袂《たもと》を揺らして駆け去る子供の姿があった。藍の縞の模様までよく見えるのは、その姿が仄《ほの》かに光って夜の闇に浮かび上がっていたからだ。

るいは思わず、あっと声をあげそうになった。

（松吉……!?）

「利助がいねえ」

源次は他人の目を避けるように店の脇に冬吾を引っぱって行くと、険しい顔で言った。

「ふん縛《じば》ったのは、頭目も含めて五人だ。その中に利助はいなかった」

「逃げたのか」と、冬吾も顔をしかめる。

「こっちが踏み込んだ時にゃ、確かにいたんだがな。皆、目の前の賊を取り押さえるのに必死で、見失っちまってたらしい」

面目ねえと、岡っ引きは肩をすくめた。

「町方の旦那方にゃ、伝えてある。こっちも手下を走らせて、界隈を捜索させている。利助のやつはこのまま江戸からずらかる気かもしれねえが、今はまだそう遠くには行っちゃいめえ」

当分身のまわりに気をつけろと源次は言った。

「おめえさんもるいも、津田屋に顔を出しているからな」

「奴《やっこ》さんが意趣返しにくるとでも？」

「万が一ってこった」

「わかった」

「……ところで津田屋の主人がおめえさんを呼べって騒いでるぜ。うるせえから、ちょっと来て宥めてくれねえか」

冬吾は露骨にうんざりという顔をした。

「事情は後日に説明すると伝えてくれ」

「そう言わずに」

仕方なしに冬吾は吉右衛門のもとに顔をだし、「貼った札は全部ニセモノなので、剝《は》がしてくれてけっこう」と居丈高《いたけだか》に言い放った。さらに、わあわあ言っている津田屋の主人を説明は後日と押し切って、店を出た。

ところが、もとのところへ戻ると、るいがいない。

待っていろと言ったのに、これだ。舌打ちすると、冬吾は「ナツ、いるか？」と闇に向かって鋭く囁いた。

チリンと鈴の音が返る。

「るいはどうした？」

「子供を追いかけて、走っていっちまったよ」

「……子供？」冬吾はハッとした。「松吉か!?」

「店に笛を取りに来た子かって訊いてるのなら、そうだよ」

あの馬鹿娘と、冬吾は毒づいた。

「賊はまだ捕まっていないんだ。すぐに追いかけろ」


（どこへ行く気かしら）

駆けてゆく子供を見失わないように気をつけながら、るいはあたりに目をやった。いつの間にか、小泉町に隣接する武家地に入り込んでいる。左右に連なる高い塀が、道の端に濃い影を落としていた。半分に割れた今夜の月は、すでに低い西の空にある。

唐突に松吉の姿が消えた。横手の路地に入ったらしい。るいも慌てて足を速め、角を曲がった。道幅が急にせばまり、行く手は闇がわだかまって見通しがきかない。

驚いたのは、すぐ目の前に松吉がいたことだ。駆けていた足を止め、こちらに小さな背中を向けて、ぼうっと佇んでいる。

（あ、今なら捕まえられるかも）

そう思ったるいは、走ってきた勢いのまま両腕を広げ、背後から抱きしめるように松吉の身体を捕らえた。

「松吉！　……あ、逃げないで。大丈夫、何もしないから」

腕の中で、松吉はびくりと跳ねた。よほど仰天したのだろう、首をねじ曲げてるいを見上げた目が、まん丸になっている。

「怖がらないで。ほら、あたしだってば。棚から笛を取ってあげたでしょ。津田屋さんでも会ったよね。あの時は、あんたが逃げ回るから大変だったわ」

なんとか相手を落ち着かせようと、るいはしゃべりつづけた。

「でも、あんた、偉かったわよ。あんたが利助のことを教えてくれたから、おかげで津田屋さんは助かった――」

ふいに、松吉がるいの腕をぎゅっと摑んだ。何度も激しく頭を振り、さっと道の先を指差した。

――逃げて。

「え？」

るいはぎょっとした。その時になってようやく、その場にいるのが自分たちだけではないことに気がついたのだ。

前方の闇の中で、何かが動いた。淡《あわ》月明かりの下に出てきたそれが、人の、男のかたちになった。ぎらりと硬質な光を放ったのは、その手に握られた匕首《あいくち》である。

「何だ、てめえは。わけのわからねえことを言いやがって」

押し殺した声を放って、男は底光りのする目をちらちらとるいの背後に向けた。松吉の姿は見えていないから、今にもるいが話しかけていた相手が路地に飛び込んでくるのではないかと疑っているのだろう。そもそもこんな時刻、こんな場所に若い娘が一人であらわれるわけがない。

「俺を尾けてきやがったのか」

その言葉に、るいは目を瞬かせた。男の悪鬼のごとき形相と、店先で愛想笑いをしていた先日の顔が重なった。

(え、まさか……利助⁉)

驚きのあまりるいは息を吞んだ。

なぜこの男がここにいるのだろう。賊は召し捕られたはずではなかったのか。

どうやら他に追ってくる者の気配も足音もないとわかって、利助は鋭い視線をるいに据えた。るいの逃げ道を断つつもりか、塀の壁を背に身構えたまま、じりじりと路地の角のほうへ回り込む。

たった今、自分が不用意にこの男の名を口にしたことに、るいは気づいた。おそらく利助はそれに反応したのだろう。手にした匕首が、凄《すさ》まじい殺気を放っている。

どういうことかと首を捻っていても、仕方がない。げんに利助は目の前にいるのだから、捕方《とりかた》から逃げおおせたということだ。

ひょっとしてと、るいは思った。

「松吉、あんた、この男を追いかけていたの？」

まだ腕の中にいる子供に小声で訊くと、松吉は身を竦めたまま、こくりとうなずいた。

と、いうことは――禍の元凶である利助が逃げたのを見て、松吉はあとを追いかけた。

追いかけてどうする気だったのかは知らないが、ともかくその松吉を、るいが追いかけた。で、ここで鉢合わせしたわけだ。

「……そうか。見た顔だと思ったら、おまえは津田屋に来ていた娘だな」

利助の声が凄みをおびた。笑ったらしい。

「俺を尾けてきたってのなら、馬鹿な娘だ。一人でのこのことよ。何のつもりか知らねえが、跳ねっ返りも度が過ぎると命を縮めるぜ」

「馬鹿はあんただよ」るいは男を睨んだ。「あんたらの目論見《もくろみ》は、すっかりばれてたんだ。あんたが店でお愛想笑いをしていた時から、怪しいって気づいてた者がいたんだ。飛んで火に入る夏の虫とはこのことさ。見張りがついていたことも気づかないで押し込むとは、よっぽどおめでたいね」

応じたのは、怒りと殺意に満ちた沈黙だった。

るいは松吉を脇に押しやって、囁いた。

「笛を吹きな。早く！」

松吉はきょとんと目を瞠ってから、手に握っていた笛をくわえた。

ピイィイと、甲高い音が夜気を震わせた。

利助がぎょっとしたのがわかった。るいが吹いたわけでもないのにその音がすぐ間近で鳴ったことと、それが仲間に合図する捕方の呼子《よぶこ》の笛に似ていたこと。おそらくその二つの意味で。

「この……！」

唸り声とともに、利助は匕首を振りあげて、るいに襲いかかろうとした。

だ。

その時。――背後の壁から突きでた手が、凶器をかざした男の腕を、がっちりと摑んがくんとつんのめり、そのまま後ろに引き戻されて、利助は目を見開く。一寸の間を置いてそろりと首を巡らせ、自分の腕に食い込む指を凝視した。背中にあるのは壁だ。誰かがそこにいるはずはない。……では、この手は何だ？　誰の手だ？

耳元で声がした。

「俺は今、しこたま機嫌が悪いんだよ。せっかく景気よく捕り物を見物しようと思ったのによぉ」

行ってみたらあらかたすんじまったあとじゃねえか、と作蔵は文句をたれた。

「そりゃ残念だったわねえ、お父っつぁん」るいは肩をすくめる。

「けっ」

利助の全身ががくがくと震えだした。腕を取り戻そうともがくうちに、匕首が手から落ちる。足下に転がったそれには目もくれず、

「うわあぁぁ……あぁぁ！」

叫び声をあげて、身体を捻るように利助が振り向いた瞬間、作蔵の拳がその顔面を殴

打した。同時に摑んでいた腕を放したので、男の身体は見事に吹っ飛び、四肢を投げ出して地面に倒れ込んだ。

「なんでぇ、口ほどにもねえ。もう終《しま》いかよ」

作蔵は突きだしていた両手を壁の中にひっこめると、気が抜けたように言った。

「で、こいつをどうするんだ？」

利助は白目をむいて転がったまま、ぴくりともしない。完全に気絶しているのを確認して、

「ここにほっぽっとくわけにもいかないし。……ともかく、誰かに知らせないと」

るいが呟いた時、本物の呼子の笛の音とともに、こちらに向かってくる足音が聞こえた。

「こいつぁ、驚いた。こりゃおめえがやったことか!?」

駆けつけてきた源次は、るいと利助を交互に見やって、呆れた声をあげた。手下数人が利助を引き起こそうとするが、意識のない男の身体はぐにゃぐにゃと力が抜けたままだ。

「あ、ええと……」

しまったとるいは思った。

どう説明したらいいんだろ。お父っつぁんのことは隠さなきゃ。でもそうしたら、あたしが利助を殴り倒したことになって、それはいくら何でも無理がある。

(もし親分さんが信じたとしても、そうしたらあたし、賊を撃退した怪力女ってことになっちまうわ)

読売に面白おかしく書きたてられて、世間で評判になって、るいが威勢良く男を投げ飛ばしている錦絵なんかが出回ったりしたら、困る。

(あたしが見つけた時には、利助はもう殴られて気絶してましたって言えば……駄目だ、利助にはしっかり顔を見られているから……)

「だいたい、どうしておめえがここにいる?」

源次は怖い顔をして、ぐいとるいにせまった。

「それは……」

るいが言葉に窮していると、別の声がそこに割り込んだ。

「もちろん利助を追ってきたんだ。——私と一緒に」

「冬吾様!?」

路地の奥の暗闇から冬吾が姿をあらわしたのを見て、るいは目を瞠った。

「吉右衛門と話をすませてこの娘と一緒に帰ろうとしたら、野次馬に紛れて逃げだそうとする利助を見つけた。で、あとを追いかけた」

ぶらりとした足取りで傍らに立った九十九字屋の主を、源次は渋い顔で見た。

「だったらなんで、俺に知らせねえんだ」

「一刻を争うと思ったのでね。あんたに知らせに戻ったら、利助を見失うところだ」

「だからって、賊を追うのにこんな若い娘を一緒に連れていくたぁ……」

「私一人ではいざという時に身動きがとれん。それこそ誰が、あんたに助けを求めに行くんだ」

苦しい言い訳だが、冬吾がしれっとした顔で言うと、もっともらしく聞こえるから不思議だ。海千山千の岡っ引きも、何となく納得してしまったらしい。源次は自分の顔を掌でつるりと撫でると、ちょうど縄で括られ手下に担がれていくところだった利助を顎で示した。

「じゃあ、あの男を伸《の》したのはおめえさんかい」

「ここまで来て相手に気づかれてね。匕首を握って飛びかかってきたから、殴り倒すしかなかった」

「おめえさんがそれほど腕が立つとは、知らなかったぜ」

「なに、火事場の馬鹿力というやつさ」

源次はゆるゆると首を振ると、ともあれこれで落着だと言った。

「これで一味は全員捕らえた。ここはおめえさんたちに、礼を言わなきゃなるめえ」

だけどやっぱり無茶だと苦笑しながら、源次親分は引き揚げていった。

岡っ引きと手下たちの気配が遠ざかるのを聞きながら、ああよかった怪力女にされずにすんだ……と、ほっとしたのも束の間、

「――おい」

冬吾の冷ややかな声に、るいは弾かれたように頭を下げた。

「はいっ。すみませんでしたっ」

この馬鹿と、不機嫌な声が降ってくる。

「あそこで待っていろと言ったはずだ。源次の言うとおりだ、松吉を追うならなぜ一言、私に知らせなかった。――おかげでつまらん言い訳をする羽目になった」

（だって……）

それこそ冬吾の言い分ではないが、知らせている暇なんてなかった。追いかけた先に利助がいるなんて思わなかった。

でも、それは口に出さなかった。るいが勝手なことをしたのは本当だ。自分が悪いのだから、叱られても仕方がない。

「ごめんなさい。すみません。以後気をつけますっ」

冬吾はため息をついた。

「あまり慌てさせるな」

「え……」

るいは顔をあげた。目を丸くしていると、冬吾はいっそう不機嫌そうに言った。

「おまえを案じたわけではない。おまえには作蔵がついているからな。面倒事に巻き込まれるのは御免だと言っているんだ」

（ああ、そういうこと）

優しい言葉を聞いた気がして、どきりとした。今もまだ心臓が波打っているのは、どうしてだろう。

「あの、冬吾様」

「何だ」

「来てくださって、ありがとうございます」

ともかく冬吾は、るいを追ってここに駆けつけてきてくれたのだ。それは素直に嬉しい。

暗いせいもあり、眼鏡の下で冬吾が何とも複雑な顔をしたことまでは、るいは気づかなかった。

その時、作蔵の声がした。

「おい、このガキをなんとかしてくれ」

見れば、作蔵の顔が浮き上がった塀の前に松吉がいて、小さな手で壁をぺたぺたと触っている。壁に顔や手があったり、しゃべったりするのが、不思議でたまらないのだろう。

眼鏡を外してそちらに目を凝らし、あれが松吉かと冬吾が呟く。

「くすぐってえったら、ありゃしねえ」

作蔵の弱った声に小さく噴きだし、るいは子供のもとへ駆け寄った。膝を折って目線をあわせると、松吉はきょとんとるいを見返した。その手を取って、話しかける。

「偉かったね、松吉。あんた、笛を吹いて、津田屋さんをずっと守ろうとしていたんだね」

松吉はもじもじと身体を揺らして、下を向いた。

——怒らない？

「え？」

——笛を吹くと、みんな怒るから。

そうか、とるいは思った。それはこの子の、生前の記憶だ。

「だからあたしからも逃げたの？」

——うん。叱られると思った。

「叱らないわよ。だって、あんたはいい子だもの。こんなに小さいのに、一生懸命頑張って、みんなを助けたんだもの」

手を伸ばして頭を撫でてやると、松吉は上目遣いにるいを見た。笑いかけてやったら、安心したようにほわっと笑った。

「ねえ。利助が悪い人間だって、あんたにはどうやってわかったの？」

松吉はちょっと首をかしげた。

——悪いことが起こる人は、みんな真っ黒になるの。

「まっくろ？」

それから松吉が拙《つたな》いながら説明したところによると、凶事にみまわれる人間はその前から、黒い影のようになって見えるのだという。惣五郎も栄太郎も喜平も親戚の子供も、松吉には真っ黒な姿に見えていたらしい。

でも利助は違っていた。一人だけ火を熾《おこ》した炭みたいにカンカンと赤く見えた。その一方で周囲の津田屋の人たちの姿が、皆して黒く変わっていった。

津田屋に酷いことが起こる。松吉にはわかった。夏にみんなが病気になった時より、もっと悪いことが。だって、あの時より影の色がずっと濃い。

利助の放つ赤い色だけが鮮やかで、でもそれはとても怖い色に見えたと松吉は言う。

——そうしたら、お稲荷さまが教えてくれた。あいつは悪い人間だって。

「お稲荷さま？　店の庭にある祠の？」

うん、と松吉はうなずいた。

——あのね、お稲荷さまはお店を護るためにいるんだよ。おいら、お稲荷さまと仲良しなの。

（ああ、それで）と、るいは合点した。

笛は普段は鍵つきの箱に入れて、敷地の稲荷の祠に置いてあった。ところがいつの間にか、箱の中から笛が消えているのだと、吉右衛門は言っていた。

それもそのはずだ。当の祠の主が、この子に笛を返してやっていたのだろう。

——でもお稲荷さま、おいらに、もういいよって言ったんだ。

「え……」

——もういいからって。お父ちゃんは大丈夫だよって。もうお母ちゃんのところへお行きって。

るいははっとした。

「松吉、あんた……」

知っていたんだ。この子は、自分の父親が津田屋の吉右衛門だということを、知っていたんだ。

松吉は手に持っていた笛を口にあてると、ピィーと鳴らした。

——お父ちゃん。

そう、聞こえた。

言葉を失ったるいの手から、ふいに子供の身体がするりと離れた。

「どうしたの？」

るいは腰を浮かせた。かけた声も聞こえぬように、松吉は目を丸くして路地の先をしげしげと見ている。

そうして、わあと声をあげた。

――お母ちゃんだ。お母ちゃんがいる。

とっさにるいは、そちらに目を凝らした。路地の奥に広がるのは、闇ひと色。けれども松吉は、跳ねるように駆けていく。

――お母ちゃん！

闇がふわりと揺らいだように見えた。そこに浮かんだ朧《おぼろ》な人影。白い手が伸びて、駆け寄る子供を抱きとめる。

ほんの瞬きひとつの間のことだった。しっかりと手を繋《つな》いだ母子の姿が、すうっと遠くなったかと思うと、そのまま闇に溶けるように消えていった。……寸前、母親が振り返り、こちらに向かって頭を下げたのを、るいは見た。

逝《い》っちまったなと、作蔵がしんみりと言った。

「母親と一緒なら安心だ。迷うこともあるめえよ」

「……うん」

うなずいて踵を返そうとした時、足下に何かが落ちていることに気づいた。身を屈《かが》めて拾い上げ、るいは小さく目を瞠る。

それは松吉の笛だった。

「その笛は現世の物だ。この世を離れては、持っては行けなかったのだろう」

今まで無言で場を見守っていた冬吾が、るいの傍らに立った。低く、呟くように言う。

るいは笛を手の中に握りしめると、松吉の消えた路地奥の闇をもう一度、見つめた。

七

後日にわかったことだが、賊の一味は当初、月のない新月の夜――今月の朔日《ついたち》に津田屋に押し込む目論見であったらしい。

しかし、松吉の笛を聞いた吉右衛門が騒ぎだしたために、決行できなくなった。店の者たちが、凶事を怖れていらぬ警戒をしはじめたからである。利助は松吉を知らぬし、死んだ子供の祟りなど端から信じていなかったが、それでも今はよしたほうがいい、奉公人たちが夜も火を灯《とも》して用心しているからと、頭目に伝えた。

津田屋に押し込むのは当面、様子見ということになったが、何せ三ヶ月も前から利助を店に潜り込ませ、周到に練ってきた計画である。日が過ぎるうち、集められていた子分たちの間から次第に不満の声があがるようになった。このまま日延べして月が満ちれば、その光が彼らの行動の妨げにもなる。一味がじりじりとしていた時、津田屋の問題が解決したとの報せが利助から届いた。言うまでもなく、冬吾が「凶事を封じる」と言って店中に札を貼りまくった件である。結果、それが罠《わな》とは露ほども知らず、一味がこれ幸いと押し込みをかけたのが、あの夜であったのだ。

「そういうことでしたら、前もって教えてくだされればよかったんですよ」

津田屋の客間で、源次親分が町方から聞きだした話を伝えると、吉右衛門は渋い顔で言った。

場には冬吾とるいも同席している。というのも、源次がここへ来る前に九十九字屋に寄って、「そもそも後で説明すると言ったのはあんただ、津田屋の相手をするのも俺一人じゃ何だから、つきあっちゃくれねえか」と、冬吾とついでにるいも引っぱり出したからである。

津田屋のほうは、お内儀の勝が押し込みの夜から気が塞《ふさ》いで寝込んでいるとかで、応対に出たのは吉右衛門一人だった。栄太郎も顔を見せない。

「申し訳ねえとは思ったが、そこは堪《こら》えちゃもらえませんかね。利助に気づかれちゃ、一味を釣り上げることぁできなかったんで」

吉右衛門の愚痴に、源次は愛想がよいとはお世辞にも言えない笑みを返した。

一味の手口も明らかになった。利助の持っていた紹介状はやはり偽物で、相手の店は案の定、津田屋の窮状など何も知らなかった。川崎宿《かわさきじゆく》にあるその店に、吉右衛門は礼状を書き送っていたが、そちらは利助が抜け目なく握りつぶしていたことも判明している。

源次が語り終えると、吉右衛門は次に冬吾に顔を向けた。

「それで、今度こそ本当に凶事をおさめていただけるのでしょうね」

答える代わりに、冬吾は袂から取りだした物を、吉右衛門の目の前に置いた。

松吉の笛だ。そうして、一瞥して眉をひそめた吉右衛門に言った。

「松吉は成仏いたしました。ですからこれは、そちらで供養を願います。できるだけ丁重になさるがよろしいでしょう」

成仏、と繰り返して津田屋の主人は目を瞠ったが、

「で、では、これでもう、うちの店に禍は起こらないということですか」

その顔にいかにもほっとした色が浮かぶ。

対して、冬吾の声音はどこか冷ややかだった。

「そのことですが。——実は、凶事を引き起こしていたのは松吉ではなかったのですよ」

「え、松吉ではない？」

どういうことかと困惑する吉右衛門に、冬吾はこれまで松吉が笛を吹いた理由を——悪い事が起こる前にそれを皆に伝えようとしていた経緯を、説明した。

「今回の押し込みの件でも、本来なら津田屋はとっくに賊に襲われていた。ヘタをすれば皆殺しにもあっていたかもしれない。難を逃れたのは、松吉の笛のおかげです。利助が一味の一人だと気づかせてくれたのも、松吉だ。つまり、この一件だけでもあなた方は二度、松吉に助けられたということです」

「なんとまあ」吉右衛門は呆れたように言った。「それならもっと、わかりやすく伝えてもらいたいものだ」

そうすりゃこっちも対処のしようがあるものを。結局、怪我人も病人も出てしまったのじゃ意味がない。吉右衛門がぶつぶつと言ったのを聞いて、るいは座ったまま膝の上で拳を握った。

（いっそ、ぶちまけてやろうかしら）

あんたが手に取ろうともしないその笛が、松吉にとってどうして宝物だったのかを。この店に引き取られてから、どんなに叱られてもなぜあの子が笛を吹くことをやめなかったのかを。

だけど松吉のために、言い出せなかった。どうせ息子を想う言葉など、一言も聞きだせないに違いない。それじゃあんまり、松吉が可哀想だ。

「あなた方がむやみに松吉を怖れたりせず、ちゃんと耳を傾けていれば、気づくこともできたはずですがね」

冬吾は眼鏡の奥ですうっと目を細めた。

「あなた方は、死んだ松吉が恨みを持っているはずだと思い込んだ。多かれ少なかれ、この店の者は皆がそうだった。——だから、本当のことが何もわからなかったんですよ」

「い、いや、あの子が私どもに恨みなど……そうだ、恩があったからこそ、松吉は津田屋の災難を私どもに知らせようとしたのでしょう？」

「恩ですか」冬吾は薄く笑った。「確かにそうかもしれませんね。最初に仰ったとおり、あなたは少なくともお房が店を出たあと子供を抱えて暮らしていけるくらいの世話はなさったのでしょうから」

言葉の小さな棘に気づいたかどうか、吉右衛門は「それはもちろん」とうなずく。

「でも、松吉はもういません」

「ええ、ええ」

「この先津田屋にどんな禍が降りかかろうと、それを教えてくれる者はいないということです」

「え……」

「悪い目が重なる時というのは、あるものだ。津田屋さんはちょうど、そのような時期にあったのでしょう。昨年からつづいた凶事は、誰のせいでもなかった。ですから私には、どうにかすることはできません」

吉右衛門はぽかんと口を開けた。

「ではあの、凶事はこれからも起こるかもしれないと……？　それを封じていただくことは」

「九十九字屋は『不思議』を商品として扱っているのであって、他人様の不運までは請け負っておりません。そこはご了承を」

きっぱりと言って、言葉をなくした吉右衛門と苦笑している源次を尻目に、冬吾は席を立った。るいも「失礼します」とお辞儀して、あとにつづいた。


「何でもかんでも、顔に出すな」

津田屋を出て少しばかり歩いたところで冬吾に言われ、るいは自分の顔に手をやった。

「あたし、どんな顔をしてました？」

「津田屋をぶん殴ってやろうかという顔だった」

「そんなこと、考えてませんよ！」

冬吾の横に大人しく控えて、我ながら大人の対応ができたと思っていたところだ。

……そりゃまあ、話の途中で津田屋をちょっとだけ殴ってやりたくはなったけど。

「おい、おおい！」

追いかけてきた声に振り向くと、源次が早足で近づいてきた。

「いやぁ、大店は肩が凝るぜ」

そのぶん帰りにゃ銭で袖の下が重くなるから助かるがな、などと言う。

「あんたのおかげで、町方の旦那からも褒められたぜ。大店に押し込みとあっちゃ、ぐずぐずしていると火盗改《かとうあらため》に持ってかれちまう。手柄をふいにせずにすんで、旦那方もお喜びだ」

「何か用か」

素っ気ない冬吾の言葉に苦笑してから、源次は真顔になった。

「ちょっとな。その、利助のことなんだが」

「利助が？」

「あの夜、利助の野郎は番屋に行ってから目をさましてよ。何だかわけのわからねえことをわめきやがって」

壁から手が出ただの顔が出ただの、それがしゃべっただのと。九十九字屋を襲って逆に返り討ちにあったんだと言っても、聞きゃしねえ。

「殴られて頭がどうかしちまったのかと思ったんだが。しかし他のところは、よくよく聞けば辻褄があっていやがるんで。……あんた、奴さんの言ってることに何か心当たりでもねえかい」

冬吾はちらとるいを見てから、肩をすくめた。

「いいや。まったく、わけがわからんな」

「まず、依頼のあった日付と、依頼者の名前ね。それから、……ええと、題目は津田屋変事でいいのかしら」

九十九字屋の一階、六畳間に置かれた文机《ふづくえ》の前で、るいは筆を握ったまま首を捻った。

机の上には真新しい帳面が広げられている。今回の一件をきちんと書き留めておけと冬吾に言われたからなのだが、この先も店で扱った『不思議』な物や事件を記録するのは、るいの仕事になるらしい。

ちなみにこれまでは冬吾が自分でやっており、参考にしろと手渡された帳面はずしりと重い束になって、机の横に積まれていた。

(ふぅん。冬吾様って案外、マメな性格なのねえ)

るいは筆を置くと、束の中から一冊抜き出して、中身に目を通した。

(それに、丁寧な字。あんなに何でも面倒くさいって顔をしているのに)

これまで九十九字屋が請け負った様々な出来事が、わかりやすく箇条書きでまとめられている。幾つか読んでからそれをもとに戻し、るいはまた筆を握った。

初めて吉右衛門が店を訪れた日からの会話や行動を思い返して、帳面にできるだけ簡潔に書き込んでゆく。その作業をしばらくつづけてから、ふと、手を止めた。

どうしても。——どうしても、どうしても、思ってしまう。

(たった一言でよかったのに……)

よくやってくれたと。よく店を守ってくれたと。ありがとう、と。——松吉に。

自慢の息子だったと、嘘でもいいから。

(それくらいのこと、言ってやったっていいじゃないか)

吉右衛門に人としての情がないとは思わない。だが、親としての情はなかった。最後の最後まで、ひとかけらもなかった。

るいは帳面を睨み、ひとつ息をついて、筆を執《と》る。それも束の間、ちょうどるいが津田屋に赴いて見聞きしたものを書き終えたところで、また筆が止まった。

松吉は津田屋に引き取られてからずっと、笛を吹きつづけていた。叱られて飯を抜かれても、吹くのをやめなかった。

どうしてだったのか、今ならわかる気がする。

最後に聞いた笛の音が、くっきりとした言葉になって、るいの耳に残っていた。

――お父ちゃん。

松吉はずっと呼びかけていたのだ。

口には出せない言葉の代わりに、笛を鳴らして呼びつづけていたのだ。

でも、どんなに呼んでも応えてはもらえなかった。その寂しさが、きっと松吉の魂魄《こんぱく》をこの世に引き留めてしまったのだろう。

――お父ちゃん、お父ちゃん、お父ちゃん。

目の前の帳面の字がぼやけた。るいは歯を食いしばった。

あたしが泣くことじゃない。可哀想なのはあたしじゃない。……それに松吉は、今はもうおっ母さんと一緒にいる。きっともう幸せで、寂しくなんかないんだ。

傍らで、忍びやかな気配がした。

見ればくだんの三毛猫が、いつの間にか座敷に上がり込んで、金色の目で彼女を見つめている。

「……おいで」

手招きすると、猫はとことこと寄ってきて、るいの横に座った。

撫でてやったらその身体がふわふわと柔らかくてあったかくて、とたんにるいはこみあげてくるものを堪えきれなくなった。

「……うう」

三毛猫を抱き上げ、ふわふわした毛に顔を埋《うず》める。

ぎゅうと抱きしめられ、猫は「ぎゃあ」と人間のような悲鳴をあげたが、るいがしゃくり上げるのを聞いて、しんとおとなしくなった。

「うっ……うえっ……ふぐっ……うえええぇん！」

ついにるいは、声をあげて泣きだした。涙があとからあとから、我慢していたぶん、あふれて止まらなかった。

ちょうど二階から下りてきた冬吾が、その声を聞きつけ、階段の途中で立ち止まる。

寸の間迷うように足踏みしてから、そっと引き返した。

そのまま階段の上に佇んで、九十九字屋の主はため息まじりに呟いた。

「だから言ったんだ。……これ以上、首を突っ込むなと」

きっとこうなると思ったから。

「それで退《ひ》くような奴じゃねえよ」

傍らの壁から声がして、作蔵が顔を突き出した。

「いたのか」

「いたさ」

睨まれても、作蔵は涼しい顔だ。

「跳ねっ返りで、意地っ張りで、口ばっかり生意気でな。けど、あいつはまっすぐだ。情に弱くて優しくて、それでなおさら突っ走っちまうのさ」

「自慢しているように聞こえるぞ」

「悪いか。自慢してんだよ。……なあ」

作蔵はニヤリとした。

「いい娘だろう？」

冬吾は苦笑すると、階下の泣き声に耳を澄ませる。

「……ずいぶん素直に泣くものだな」

ややあって、ぽつりと漏らした声は、この男にしては珍しく温かみのあるものだった。

二階のそんな会話など知るよしもなく、るいは泣いた。いつまでも、子供のように泣きつづけた。

死んだ者の魂はどこに行くのだろう。

浄土があるという西の方角か。それとも青く高い空のそのまた上か。

どこでもいい。

これまでるいの目の前から消えていった者たちが、その場所で穏やかであるのなら、どこでもいいと。

そんなことを思いながら、泣いていた。

光文社文庫

文庫書下ろし
ぬり壁《かべ》のむすめ　九十九字《つくもじ》ふしぎ屋《や》 商《あきな》い中《ちゅう》
著者　霜《しも》島《じま》けい

2016年9月20日　初版1刷発行
2017年4月30日　2刷発行

発行者　鈴木広和
印刷　萩原印刷
製本　ナショナル製本

発行所　株式会社光文社
〒112-8011　東京都文京区音羽1-16-6
電話（03）5395-8149　編集部
8116　書籍販売部
8125　業務部

ISBN978-4-334-77354-0　Printed in Japan

組版　萩原印刷

光文社時代小説文庫　好評既刊